朱自清作品精選 2

蹤跡

經典新版

朱自清

朱自清——著

《蹤跡》代序

一、《歐遊雜記》序

這本小書是二十一年五月六月的遊蹤。這兩個月走了五國，十二個地方。巴黎待了三禮拜，柏林兩禮拜，別處沒有待過三天以上；不用說都只是走馬看花罷了。其中佛羅倫司，羅馬兩處，因爲趕船，慌慌張張，多半坐在美國運通公司的大汽車裏看的。大汽車轉彎抹角，繞得你昏頭昏腦，辨不出方向；雖然晚上可以回旅館細細查看地圖，但已經隔了一層，不像自己慢慢摸索或跟著朋友們走那麼親切有味了。滂卑故城也是匆忙裏讓一個俗透了的引導人領著胡亂走了一下午。巴黎看得比較細，一來日子多，二來朋友多；但是盧佛宮去了三回，還只看了一犄角。在外國遊覽，最運氣有熟朋友樂意陪著你；不然，帶著一張適用的地圖一本適用的指南，不計較時日，也不難找到些古蹟名勝。而這樣費了一番氣力，走過的地方便不會忘記，也不會張冠李戴——若能到一國說一國的話，那自然更好。

自己只能聽英語話，一到大陸上，便不行了。在巴黎的時候，朋友來信開玩笑，說我「目遊巴黎」；其實這兒所記的五國都只算是「目遊」罷了。加上日子短，平時對於歐洲的情形又不熟習，實在不配說話。而居然還寫出這本小書者，起初是回國時船中無事，聊以消磨時光，後來卻只是「一不做，二不休」而已。所說的不外美術風景古蹟，因爲只有這些才能「目遊」也。遊覽時離不了指南，記述時還是離不了；書中歷史事蹟以及尺寸道里都從指南鈔出。用的並不是大大有名的裴歹克指南，走馬看花是用不著那麼好的書的。我所依靠的不過克羅凱（Crockett）夫婦合著的《袖珍歐洲指南》，瓦德洛克書鋪（Ward, Lock & Co.）的《巴黎指南》，德萊司登的官印指南三種。此外在記述時也用了雷那西的美術史（Reinach：Apollo）和何姆司的《藝術軌範》（C.J.Holmes:A Grammar of the Arts）做參考。但自己對於歐洲美術風景古蹟既然外行，無論怎樣謹慎，陋見謬見，怕是難免的。

本書絕無勝義，卻也不算指南的譯本；用意是在寫些遊記給中學生看。在中學教過五年書，這便算是小小的禮物吧。書中各篇以記述景物爲主，極少說到自己的地方。這是有意避免的：一則自己外行，何必放言高論；二則這個時代，「身邊鎖事」說來到底無謂。但這麼著又怕乾枯板滯——只好由它去吧。記述時可也費了一些心在文字上：覺得「是」字句，「有」字句，「在」字句安排最難。顯示景物間的關係，短不了這三樣的句法；可是老用這一套，誰耐煩！再說這三種句子都顯示靜態，也夠沉悶的。於是想方法省略那三個討厭的字，例如「樓上正中一間大會議廳」，可以說「樓上正中是——」，「樓上有——」，「——在樓的正中」，但我用第一句，盼望給讀者整個的印象，或者說更具體的印象。再有，不從景物自身而從遊人說，例如「天盡頭處偶爾看見一架半架風車」。若能將靜的變爲動的，那當然更樂意，例如「他的左胳膊底下鑽出一個孩子」（畫中人物）。不過這些也無非雕蟲小技罷了。書中用華里英尺，當時爲的英里合華里容易，英尺合華尺麻煩些；而英里合華里數目大，便更見其遠，英尺合華尺數目小，怕不見其高，也是一個原因。這種不一致，也許沒有多少道理，但也由它去吧。

書中取材，概未注明出處；因爲不是高文典冊，無需乎小題大做耳。

出國之初給葉聖陶兄的兩封信，記述哈爾濱與西伯利亞的情形的，也附在這裏。

讓我謝謝國立清華大學，不靠她，我不能上歐洲去。謝謝李健吾，吳達元，汪梧封，秦善鋆四位先生；沒有他們指引，巴黎定看不好，而本書最占篇幅的巴黎遊記也定寫不出。謝謝葉聖陶兄，他老是鼓勵我寫下去，現在又辛苦地給校大樣。謝謝開明書店，他們願意給我印這本插了許多圖的小書。

二、《倫敦雜記》序

一九三一到一九三二年承國立清華大學給予休假的機會，得在歐洲住了十一個月，其中在英國住了七個月。回國後寫過一本《歐遊雜記》，專記大陸上的遊蹤。在英國的見聞，原打算另寫一本，比歐遊雜記要多些。但只寫成九篇就打住了。現在開明書店惠允印行；因爲這九篇都只寫倫敦生活，便題爲《倫敦雜記》。

當時自己覺得在英國住得久些，尤其是倫敦這地方，該可以寫得詳盡些。動手寫的時候，雖然也參考裴歹克的《倫敦指南》，但大部分還是憑自己的經驗和記憶。可是動手寫的時候已經在回國兩三年之後，記憶已經不夠新鮮的，興趣也已經不夠活潑的。——自己卻總還認真的寫下去。有一天，看見《華北日報》上有記載倫敦拉衣恩司公司的文字，著者的署名已經忘記。自己在「吃的」那一篇裏也寫了拉衣恩司食堂；但看了人家源源本本的敘述，慚愧自己知道的真太少。從此便有擱筆之意，寫得就慢了。抗戰後才真擱了筆。

不過在英國的七個月畢竟是我那旅程中最有意思的一段兒。承柳無忌先生介紹，我能以住到歇卜士太太家去。這位老太太如《房東太太》那篇所記，不但是我們的房東，而且成了我們的忘年朋友。她的風趣增加我們在異國旅居的意味。《耶誕節》那篇所記的耶誕節，就是在她家過的。那加爾東尼市場，也是她說給我的。她現在不知怎樣了，但願還活著！倫敦的文人宅，我是和李健吾先生同去的。他那時從巴黎到倫敦玩兒。有了他對於那些文人的深切的嚮往，才引起我訪古的雅興。這個也應該感謝。

在英國的期間，趕上莎士比亞故鄉新戲院落成。我和劉崇鋐先生，陳麟瑞先生，柳無忌先生夫婦，同趕到「愛文河上的斯特拉福特」去「躬逢其盛」。我們連看了三天戲。那幾天看的，走的，吃的，住的，樣樣都有意思。莎翁的遺跡觸目皆是，使人思古的幽情油然而生。而那安靜的城市，安靜的河水，親切的旅館主人，親切的旅館客人，也都使人樂於住下去。至於那新戲院，立體的作風，簡樸而精雅，不用說是值得盤桓的。我還趕上《阿麗思漫遊奇境記》的作者加樂爾的紀念——記得當時某刊物上登著那還活著的真的阿麗思十三歲時的小影。而《泰晤士報》舉行紀念，登載《倫敦的五十年》的文字，也在這時候，其中一篇寫五十年來的男女社交，最惹起人今昔之感。這些我本打算都寫在我的雜記裏。我的擬目比寫出的要多一半。其中有關於倫敦的戲的，我特別要記吉爾伯特和瑟利文的輕快而活潑的小歌劇。還有一篇要記高斯華綏的讀詩會。——那回讀詩會是動物救濟會主辦的。當場有一個工人背出高斯華綏《法網》那齣戲裏的話責問他，說他有錢了，就不管正義了。他打住了一下，向全場從容問道，「諸位女士，諸位先生，你們要我讀完麼？」那工人終於嘀咕著走了。——但是我知道的究竟太少，也許還是藏拙爲佳。

寫這些篇雜記時，我還是抱著寫《歐遊雜記》的態度，就是避免「我」的出現。「身邊瑣事」還是沒有，浪漫的異域感也還是沒有。並不一定討厭這些。只因新到異國還摸不著頭腦，又不曾交往異國的朋友，身邊一些瑣事差不多都是國內帶去的，寫出來無非老調兒。異域感也不是沒有，只因已入中年，不夠浪漫的。爲此只能老老實實寫出所見所聞，像新聞的報導一般；可是寫得太認真，又不能像新聞報導那麼輕快，真是無可如何的。遊記也許還是讓「我」出現，隨便些的好；但是我已經來不及了。但是這九篇裏寫活著的人的比較多些，如《乞丐》《耶誕節》《房東太太》，也許人情要比《歐遊雜記》裏多些罷。

這九篇裏除《公園》《加爾東尼市場》《房東太太》三篇外，都曾登在《中學生》雜誌上。那時開明書店就答應我出版，並且已經在隨排隨等了。記得「七七」前不久，開明的朋友還來信催我趕快完成這本書，說免得彼此損失。但是抗戰開始了，開明的印刷廠讓敵人的炮火毀了，那排好的《雜記》版也就跟著葬在灰裏了。直到前些日了，在舊書堆裏發現了這九篇稿子。這是抗戰那年從北平帶出來的，跟著我走了不少路，陪著我這幾年——有一篇已經殘缺了。我重讀這些文字，不免懷舊的感慨，又記起和開明的一段因緣，就交給開明印。承他們答應了，那殘缺的一篇並已由葉聖陶先生設法抄補，感謝之至！只可惜圖片印不出，恐怕更會顯出我文字的笨拙來，這是很遺憾的。

《蹤跡》目次

蹤跡

匆匆

燕子去了，有再來的時候；楊柳枯了，有再青的時候；桃樹謝了，有再開的時候。但是，聰明的，你告訴我，我們的日子爲什麼一去不復返呢？——是有人偷了他們罷；那是誰？又藏在何處呢？是他們自己逃走了罷；現在又到了那裡呢？

我不知道他們給了我多少日子；但我的手確乎是漸漸空虛了。在默默裡算著，八千多日子已經從我手中溜去；像針尖上一滴水滴在大海裡，我的日子滴在時間的流裡，沒有聲音，也沒有影子。我不禁汗涔涔而淚潸潸了。

去的儘管去了，來的儘管來著；來去的中間，又怎樣地匆匆呢。早上我起來的時候，小屋裡射進兩三方斜斜的太陽。太陽他有腳啊，輕輕悄悄地挪移了；我也茫茫然跟著旋轉。於是——洗手的時候，日子從水盆裡過去；吃飯的時候，日子從飯碗裡過去；默默時，便從凝然的雙眼前過去。我覺察他去的匆匆了，伸出手遮挽時，他又從遮挽著的手邊過去。天黑時，我躺在床上，他便伶伶俐俐地從我身上跨過，從我腳邊飛去了。等我睜開眼和太陽再見，這算又溜走了一日。我掩著面嘆息。但是新來的日子的影兒又開始在嘆息裡閃過了。

在逃去如飛的日子裡，在千門萬戶的世界裡的我能做些什麼呢？只有徘徊罷了，只有匆匆罷了；在八千多日的匆匆裡，除徘徊外，又剩些什麼呢？過去的日子如輕煙，被微風吹散了，如薄霧，被初陽蒸融了，我留著些什麼痕跡呢？我何曾留著像游絲樣的痕跡呢？我赤裸裸來到這世界，轉眼間也將赤裸裸的回去罷？但不能平的，爲什麼偏白白走這一遭啊？

聰明的你，告訴我，我們的日子爲什麼一去不復返呢？

歌聲

昨晚中西音樂歌舞大會裡「中西絲竹和唱」的三曲清歌，真令我神迷心醉了。

彷佛一個暮春的早晨。霏霏的毛雨默然灑在我臉上，引起潤澤、輕鬆的感覺。新鮮的微風吹動我的衣袂，像愛人的鼻息吹著我的手一樣。我立的一條白礬石的甬道上，經了那細雨，正如塗了一層薄薄的乳油；踏著只覺越發滑膩可愛了。

這是在花園裏。群花都還做她們的清夢。那微雨偷偷洗去她們的塵垢，她們的甜軟的光澤便自煥發了。在那被洗去的浮豔下，我能看到她們在有日光時所深藏著的恬靜的紅，冷落的紫，和苦笑的白與綠。以前錦繡般在我眼前的，現在都帶了黯淡的顏色。——是愁著芳春的銷歇麼？是感著勞春的困倦麼？

大約也因那濛濛的雨，園裏沒了濃郁的香氣。涓涓的東風只吹來一縷縷餓了似的花香；夾帶著些潮濕的草叢的氣息和泥土的滋味。園外田畝和沼澤裡，又時時送過些新插的秧，少壯的麥，和成陰的柳樹的清新的蒸氣。這些雖非甜美，卻能強烈地刺激我的鼻觀，使我有愉快的倦怠之感。

看啊，那都是歌中所有的：我用耳，也用眼，鼻，舌，身，聽著；也用心唱著。我終於被一種健康的麻痺襲取了，於是為歌所有。此後只由歌獨自唱著，聽著，世界上便只有歌聲了。

槳聲燈影裡的秦淮河

一九二三年八月的一晚，我和平伯同遊秦淮河；平伯是初泛，我是重來了。我們雇了一隻「七板子」，在夕陽已去，皎月方來的時候，便下了船。於是槳聲汩——汩，我們開始領略那晃蕩著薔薇色的歷史的秦淮河的滋味了。

秦淮河裡的船，比北京萬甡園、頤和園的船好，比西湖的船好，比揚州瘦西湖的船也好。這幾處的船不是覺著笨，就是覺著簡陋、局促；都不能引起乘客們的情韻，如秦淮河的船一樣。秦淮河的船約略可分為兩種：一是大船；一是小船，就是所謂「七板子」。大船艙口闊大，可容二三十人。裡面陳設著字畫和光潔的紅木家具，桌上一律嵌著冰涼的大理石面。窗格雕鏤頗細，使人起柔膩之感。窗格裡映著紅色藍色的玻璃；玻璃上有精緻的花紋，也頗悅人目。「七板子」規模雖不及大船，但那淡藍色的欄杆，空敞的艙，也足繫人情思。而最出色處卻在它的艙前。艙前是甲板上的一部。上面有弧形的頂，兩邊用疏疏的欄杆支著。裡面通常放著兩張藤的躺椅。躺下，可以談天，可以望遠，可以顧盼兩岸的河房。大船上也有這個，便在小船上更覺清雋罷了。艙前的頂下，一律懸著燈彩；燈的多少，明暗，彩蘇的精粗，豔晦，是不一的。但好歹總還你一個燈彩。

這燈彩實在是最能勾人的東西。夜幕垂垂地下來時，大小船上都點起燈火。從兩重玻璃裡映出那輻射著的黃黃的散光，反暈出一片朦朧的煙靄；透過這煙靄，在黯黯的水波裡，又逗起縷縷的明漪。在這薄靄和微漪裡，聽著那悠然的間歇的槳聲，誰能不被引入他的美夢去呢？只愁夢太多了，這些大小船兒如何載得起呀？我們這時模模糊糊的談著明末的秦淮河的豔跡，如《桃花扇》及《板橋雜記》裡所載的。我們真神往了。我們彷彿親見那時華燈映水，畫舫凌波的光景了。於是我們的船便成了歷史的重載了。我們終於恍然秦淮河的船所以雅麗過於他處，而又有奇異的吸引力的，實在是許多歷史的影像使然了。

秦淮河的水是碧陰陰的；看起來厚而不膩，或者是六朝金粉所凝麼？我們初上船的時候，天色還未斷黑，那漾漾的柔波是這樣的恬靜、委婉，使我們一面有水闊天空之想，一面又憧憬著紙醉金迷之境了。等到燈火明時，陰陰的變爲沉沉了：黯淡的水光，像夢一般；那偶然閃爍著的光芒，就是夢的眼睛了。我們坐在艙前，因了那隆起的頂棚，彷彿總是昂著首向前走著似的；於是飄飄然如御風而行的我們，看著那些自在的灣泊著的船，船裡走馬燈般的人物，便像是下界一般，迢迢的遠了，又像在霧裏看花，盡朦朦朧朧的。這時我們已過了利涉橋，望見東關頭了。沿路聽見斷續的歌聲：有從沿河的妓樓飄來的，有從河上船裡度來的。我們明知那些歌聲，只是些因襲的言詞，從生澀的歌喉裡機械的發出來的；但它們經了夏夜的微風的吹漾和水波的搖拂，裊娜著到我們耳邊的時候，已經不單是她們的歌聲，而混著微風和河水的密語了。於是我們不得不被牽惹著，震撼著，相與浮沉於這歌聲裡了。

從東關頭轉彎，不久就到大中橋。大中橋共有三個橋拱，都很闊大，儼然是三座門兒；使我們覺得我們的船和船裡的我們，在橋下過去時，真是太無顏色了。橋磚是深褐色，表明它的歷史的長久；但都完好無缺，令人太息於古昔工程的堅美。橋上兩旁都是木壁的房子，中間應該有街路？這些房子都破舊了，多年煙熏的跡，遮沒了當年的美麗。我想像秦淮河的極盛時，在這樣宏闊的橋上，特地蓋了房子，必然是髹漆得富富麗麗的；晚間必然是燈火通明的。現在卻只剩下一片黑沉沉！但是橋上造著房子，畢竟使我們多少可以想見往日的繁華；這也慰情聊勝無了。過了大中橋，便到了燈月交輝，笙歌徹夜的秦淮河；這才是秦淮河的真面目哩。

大中橋外，頓然空闊，和橋內兩岸排著密密的人家的景象大異了。一眼望去，疏疏的林，淡淡的月，襯著藍蔚的天，頗像荒江野渡光景；那邊呢，郁叢叢的，陰森森的，又似乎藏著無邊的黑暗：令人幾乎不信那是繁華的秦淮河了。但是河中眩暈著的燈光，縱橫著的畫舫，悠揚著的笛韻，夾著那吱吱的胡琴聲，終於使我們認識綠如茵陳酒的秦淮水了。此地天裸露著的多些，故覺夜來的獨遲些；從清清的水影裡，我們感到的只是薄薄的夜——這正是秦淮河的夜。

大中橋外，本來還有一座復成橋，是船夫口中的我們的遊蹤盡處，或也是秦淮河繁華的盡處了。我的腳曾踏過復成橋的脊，在十三四歲的時候。但是兩次遊秦淮河，卻都不曾見著復成橋的面；明知總在前途的，卻常覺得有些虛無縹緲似的。我想，不見倒也好。這時正是盛夏。我們下船後，藉著新生的晚涼和河上的微風，暑氣已漸漸消散；到了此地，豁然開朗，身子頓然輕了——習習的清風荏苒在面上，手上，衣上，這便又感到了一縷新涼了。南京的日光，大概沒有杭州猛烈；

西湖的夏夜老是熱蓬蓬的，水像沸著一般，秦淮河的水卻盡是這樣冷冷地綠著。任你人影的憧憧，歌聲的擾擾，總像隔著一層薄薄的綠紗面幕似的；它盡是這樣靜靜的，冷冷的綠著。我們出了大中橋，走不上半里路，船夫便將船划到一旁，停了槳由它宕著。他以為那裡正是繁華的極點，再過去就是荒涼了；所以讓我們多多賞鑒一會兒。他自己卻靜靜的蹲著。他是看慣這光景的了，大約只是一個無可無不可。這無可無不可，無論是升的沈的，總之，都比我們高了。

那時河裡鬧熱極了；船大半泊著，小半在水上穿梭似的來往。停泊著的都在近市的那一邊，我們的船自然也夾在其中。因為這邊略略的擠，便覺得那邊十分的疏了。在每一隻船從那邊過去時，我們能畫出它的輕輕的影和曲曲的波，在我們的心上；這顯著是空，且顯著是靜了。那時處處都是歌聲和淒厲的胡琴聲，圓潤的喉嚨，確乎是很少的。但那生澀的，尖脆的調子能使人有少年的，粗率不拘的感覺，也正可快我們的意。況且多少隔開些兒聽著，因為想像與渴慕的做美，總覺更有滋味；而競發的喧囂，抑揚的不齊，遠近的雜遝，和樂器的嘈嘈切切，合成另一意味的諧音，也使我們無所適從，如隨著大風而走。這實在因為我們的心枯澀久了，變為脆弱；故偶然潤澤一下，便瘋狂似的不能自主了。

但秦淮河確也膩人。即如船裡的人面，無論是和我們一堆兒泊著的，無論是從我們眼前過去的，總是模模糊糊的，甚至渺渺茫茫的；任你張圓了眼睛，揩淨了眥垢，也是枉然。這真夠人想呢。在我們停泊的地方，燈光原是紛然的；不過這些燈光都是黃而有暈的。黃已經不能明了，再加上了暈，便更不成了。燈愈多，暈就愈甚；在繁星般的黃的交錯裡，秦淮河彷彿籠上了一團光霧。光芒與霧氣騰騰的暈著，什麼都只剩了輪廓了；所以人面的詳細的曲線，便消失於我們的眼底了。但燈光究竟奪不了那邊的月色；燈光是渾的，月色是清的，在渾沌的燈光裡，滲入了一派清輝，卻真是奇蹟！那晚月兒已瘦削了兩三分。她晚妝才罷，盈盈的上了柳梢頭。天是藍得可愛，彷彿一汪水似的；月兒便更出落得精神了。岸上原有三株兩株的垂楊樹，淡淡的影子，在水裡搖曳著。它們那柔細的枝條浴著月光，就像一隻隻美人的臂膊，交互的纏著，挽著；又像是月兒披著的髮。而月兒偶然也從它們的交叉處偷偷窺看我們，大有小姑娘怕羞的樣子。岸上另有幾株不知名的老樹，光光的立著；在月光裡照起來，卻又儼然是精神矍鑠的老人。遠處——快到天際線了，才有一兩片白雲，亮得現出異彩，像美麗的貝殼一般。白雲下便是黑黑的一帶輪廓；是一條隨意畫的不規則的曲線。這一段光景，和河中的風味大異了。但燈與月竟能並存著，交融著，使月成了纏綿的月，燈射著渺渺的靈輝；這正是天之所以厚秦淮河，也正是天之所以厚我們了。

這時卻遇著了難解的糾紛。秦淮河上原有一種歌妓，是以歌為業的。從前都在茶舫上，唱些大曲之類。每日午後一時起；什麼時候止，卻忘記了。晚上照樣也有一回。也在黃暈的燈光裏。我從前過南京時，曾隨著朋友去聽過兩次。因為茶舫裡的人臉太多了，覺得不大適意，終於聽不出所以然。前年聽說歌妓被取締了，不知怎的，頗設想了幾次——卻想不出什麼。這次到南京，先到茶舫上去看看，覺得頗是寂寥，令我無端的悵悵了。不料她們卻仍在秦淮河裡掙扎著，不料她們竟會糾纏到我們，我於是很張惶了。她們也乘著「七板子」，她們總是坐在艙前的。艙前點著石油汽燈，光亮眩人眼目：坐在下面的，自然是纖毫畢見了——引誘客人們的力量，也便在此了。艙裏躲著樂工等人，映著汽燈的餘輝蠕動著；他們是永遠不被注意的。每船的歌妓大約都是二人；天色一黑。她們的船就在大中橋外往來不息的兜生意。無論行著的船，泊著的船，都要來兜攬的。這都是我後來推想出來的。那晚不知怎樣，忽然輪著我們的船了。我們的船好好的停著，一隻歌舫划向我們來的；漸漸和我們的船並著了。鑠鑠的燈光逼得我們皺起了眉頭；我們的風塵色全給它托出來了，這使我踧踖不安了。那時一個夥計跨過船來，拿著攤開的歌折，就近塞向我的手裡，說，「點幾齣吧」！他跨過來的時候，我們船上似乎有許多眼光跟著。同時相近的別的船上也似乎有許多眼睛炯炯的向我們船上看著。我真窘了！我也裝出大方的樣子，向歌妓們瞥了一眼，但究竟是不成的！我勉強將那歌折翻了一翻，卻不曾看清了幾個字；便趕緊遞還那夥計，一面不好意思地說，「不要，我們……不要。」他便塞給平伯。平伯掉轉頭去，搖手說，「不要！」那人還膩著不走。平伯又回過臉來，搖著頭道，「不要！」於是那人重到我處。我窘著再拒絕了他。他這才有所不屑似的走了。我的心立刻放下，如釋了重負一般。我們就開始自白了。

我說我受了道德律的壓迫，拒絕了她們；心裡似乎很抱歉的。這所謂抱歉，一面對於她們，一面對於我自己。她們於我們雖然沒有很奢的希望；但總有些希望的。我們拒絕了她們，無論理由如何充足，卻使她們的希望受了傷；這總有幾分不做美了。這是我覺得很悵悵的。至於我自己，更有一種不足之感。我這時被四面的歌聲誘惑了，降服了；但是遠遠的，遠遠的歌聲總彷彿隔著重衣搔癢似的，越搔越搔不著癢處。我於是憧憬著貼耳的妙音了。在歌舫划來時，我的憧憬，變爲盼望；我固執的盼望著，有如饑渴。雖然從淺薄的經驗裡，也能夠推知，那貼耳的歌聲，將剝去了一切的美妙；但一個平常的人像我的，誰願憑了理性之力去醜化未來呢？我寧願自己騙著了。不過我的社會感性是很敏銳的；我的思力能拆穿道德律的西洋鏡，而我的感情卻終於被它壓服著，我於是有所顧忌了，尤其是在眾目昭彰的時候。道德律的力，本來是民眾賦予的；在民眾的面前，自然更顯出它的威嚴了。我這時一面盼望，一面卻感到了兩重的禁制：一，在通俗的意義上，接近妓者總算一種不正當的行爲；二，妓是一種不健全的職業，我們對於她們，應有哀矜勿喜之心，不應賞玩的去聽她們的歌。在眾目睽睽之下，這兩種思想在我心裡最爲旺盛。她們暫時壓倒了我的聽歌的盼望，這便成就了我的灰色的拒絕。那時的心實在異常狀態中，覺得頗是昏亂。

歌舫去了，暫時寧靖之後，我的思緒又如潮湧了。兩個相反的意思在我心頭往復：賣歌和賣淫不同，聽歌和狎妓不同，又干道德甚事？——但是，但是，她們既被逼的以歌爲業，她們的歌必無藝術味的；況她們的身世，我們究竟該同情的。所以拒絕倒也是正辦。但這些意思終於不曾撇開我的聽歌的盼望。它力量異常堅強；它總想將別的思緒踏在腳下。從這重重的爭鬥裡，我感到了濃厚的不足之感。這不足之感使我的心盤旋不安，起坐都不安寧了。

唉！我承認我是一個自私的人！平伯呢，卻與我不同。他引周啓明先生的詩，「因爲我有妻子，所以我愛一切的女人，因爲我有子女，所以我愛一切的孩子。」他的意思可以見了。他因爲推及的同情，愛著那些歌妓，並且尊重著她們，所以拒絕了她們。在這種情形下，他自然以爲聽歌是對於她們的一種侮辱。但他也是想聽歌的，雖然不和我一樣，所以在他的心中，當然也有一番小小的爭鬥；爭鬥的結果，是同情勝了。至於道德律，在他是沒有什麼的；因爲他很有蔑視一切的傾向，民眾的力量在他是不大覺著的。這時他的心意的活動比較簡單，又比較鬆弱，故事後還怡然自若；我卻不能了。這裡平伯又比我高了。

在我們談話中間，又來了兩隻歌舫。夥計照前一樣的請我們點戲，我們照前一樣的拒絕了。我受了三次窘，心裡的不安更甚了。清豔的夜景也爲之減色。船夫大約因爲要趕第二趟生意，催著我們回去；我們無可無不可的答應了。我們漸漸和那些暈黃的燈光遠了，只有些月色冷清清的隨著我們的歸舟。我們的船竟沒個伴兒，秦淮河的夜正長哩！到大中橋近處，才遇著一隻來船。這是一隻載妓的板船，黑漆漆的沒有一點光。船頭上坐著一個妓女；暗裡看出，白地小花的衫子，黑的下衣。她手裡拉著胡琴，口裡唱著青衫的調子。她唱得響亮而圓轉；當她的船箭一般駛過去時，餘音還嫋嫋的在我們耳際，使我們傾聽而嚮往。想不到在弩末的遊蹤裏，還能領略到這樣的清歌！

這時船過大中橋了，森森的水影，如黑暗張著巨口，要將我們的船吞了下去，我們回顧那渺渺的黃光，不勝依戀之情；我們感到了寂寞了！這一段地方夜色甚濃，又有兩頭的燈火招邀著；橋外的燈火不用說了，過了橋另有東關頭疏疏的燈火。我們忽然仰頭看見依人的素月，不覺深悔歸來之早了！走過東關頭，有一兩隻大船灣泊著，又有幾隻船向我們來著。囂囂的一陣歌聲人語，彷彿笑我們無伴的孤舟哩。東關頭轉彎，河上的夜色更濃了；臨水的妓樓上，時時從簾縫裏射出一線一線的燈光；彷彿黑暗從酣睡裡眨了一眨眼。我們默然的對著，靜聽那汩——汩的槳聲，幾乎要入睡了；朦朧裡卻溫尋著適才的繁華的餘味。我那不安的心在靜裡愈顯活躍了！這時我們都有了不足之感，而我的更其濃厚。我們卻又不願回去，於是只能由懊悔而悵惘了。船裡便滿載著悵惘了。直到利涉橋下，微微嘈雜的人聲，才使我豁然一驚；那光景卻又不同。右岸的河房裡，都大開了窗戶，裡面亮著晃晃的電燈，電燈的光射到水上，蜿蜒曲折，閃閃不息，正如跳舞著的仙女的臂膊。我們的船已在她的臂膊裡了；如睡在搖籃裡一樣，倦了的我們便又入夢了。那電燈下的人物，只覺像螞蟻一般，更不去縈念。這是最後的夢；可惜是最短的夢！黑暗重複落在我們面前，我們看見傍岸的空船上一星兩星的，枯燥無力又搖搖不定的燈光。我們的夢醒了，我們知道就要上岸了；我們心裡充滿了幻滅的情思。

溫州的蹤跡

一 「月朦朧，鳥朦朧，簾捲海棠紅」

這是一張尺多寬的小小的橫幅，馬孟容君畫的。上方的左角，斜著一捲綠色的簾子，稀疏而長；當紙的直處三分之一，橫處三分之二。簾子中央，著一黃色的，茶壺嘴似的鉤兒——就是所謂軟金鉤麼？「鉤彎」垂著雙穗，石青色；絲縷微亂，若小曳於輕風中。紙右一圓月，淡淡的青光遍滿紙上；月的純淨，柔軟與平和，如一張睡美人的臉。從簾的上端向右斜伸而下，是一枝交纏的海棠花。花葉扶疏，上下錯落著，共有五叢；或散或密，都玲瓏有致。葉嫩綠色，彷彿掐得出水似的；在月光中掩映著，微微有淺深之別。花正盛開，紅艷欲流；黃色的雄蕊歷歷的，閃閃的。襯托在叢綠之間，格外覺著妖嬈了。枝欹斜而騰挪，如少女的一隻臂膊。枝上歇著一對黑色的八哥，背著月光，向著簾裏。一隻歇得高些，小小的眼兒半睜半閉的，似乎在入夢之前，還有所留戀似的。那低些的一隻別過臉來對著這一隻，已縮著頸兒睡了。簾下是空空的，不著一些痕跡。

試想在圓月朦朧之夜，海棠是這樣的嫵媚而嫣潤；枝頭的好鳥爲什麼卻雙棲而各夢呢？在這夜深人靜的當兒，那高踞著的一隻八哥兒，又爲何盡撐著眼皮兒不肯睡去呢？他到底等什麼來著？捨不得那淡淡的月兒麼？捨不得那疏疏的簾兒麼？不，不，不，您得到簾下去找，您得向簾中去找——您該找著那捲簾人了？他的情韻風懷，原是這樣這樣的喲！朦朧的豈獨月呢；豈獨鳥呢？但是，咫尺天涯，教我如何耐得？

我拼著千呼萬喚；你能夠出來麼？

這頁畫佈局那樣經濟，設色那樣柔活，故精彩足以動人。雖是區區尺幅，而情韻之厚，已足淪肌浹髓而有餘。我看了這畫。瞿然而驚：留戀之懷，不能自已。故將所感受的印象細細寫出，以志這一段因緣。但我於中西的畫都是門外漢，所說的話不免爲內行所笑。——那也只好由他了。

二 綠

我第二次到仙岩的時候，我驚詫於梅雨潭的綠了。

梅雨潭是一個瀑布潭。仙岩有三個瀑布，梅雨瀑最低。走到山邊，便聽見花花花花的聲音；抬起頭，鑲在兩條濕濕的黑邊兒裏的，一帶白而發亮的水便呈現於眼前了。我們先到梅雨亭。梅雨亭正對著那條瀑布；坐在亭邊，不必仰頭，便可見它的全體了。亭下深深的便是梅雨潭。這個亭踞在突出的一角的岩石上，上下都空空兒的；彷彿一隻蒼鷹展著翼翅浮在天宇中一般。三面都是山，像半個環兒擁著；人如在井底了。這是一個秋季的薄陰的天氣。微微的雲在我們頂上流著；岩面與草叢都從潤濕中透出幾分油油的綠意。而瀑布也似乎分外的響了。那瀑布從上面沖下，彷彿已被扯成大小的幾綹；不復是一幅整齊而平滑的布。岩上有許多稜角；瀑流經過時，作急劇的撞擊，便飛花碎玉般亂濺著了。那濺著的水花。晶瑩而多芒；遠望去，像一朵朵小小的白梅。微雨似的紛紛落著。據說，這就是梅雨潭之所以得名了。但我覺得像楊花，格外確切些。輕風起來時，點點隨風飄散，那更是楊花了。——這時偶然有幾點送入我們溫暖的懷裏，便倏的鑽了進去，再也尋它不著。

梅雨潭閃閃的綠色招引著我們；我們開始追捉她那離合的神光了。揪著草，攀著亂石，小心探身下去，又鞠躬過了一個石穹門，便到了汪汪一碧的潭邊了。瀑布在襟袖之間；但我的心中已沒有瀑布了。我的心隨潭水的綠而搖蕩。那醉人的綠呀！彷彿一張極大極大的荷葉鋪著，滿是奇異的綠呀。我想張開兩臂抱住她；但這是怎樣一個妄想呀。——站在水邊，望到那面，居然覺著有些遠呢！這平鋪著，厚積著的綠，著實可愛。她鬆鬆的皺纈著，像少婦拖著的裙幅；她輕輕的擺弄著，像跳動的初戀的處女的心；她滑滑的明亮著，像塗了「明油」一般，有雞蛋清那樣軟，那樣嫩，令人想著所曾觸過的最嫩的皮膚；她又不雜些兒塵滓，宛然一塊溫潤的碧玉，只清清的一色——但你卻看不透她！我曾見過北京什剎海拂地的綠楊，脫不了鵝黃的底子，似乎太淡了。我又曾見過杭州虎跑寺近旁高峻而深密的「綠壁」，叢疊著無窮的碧草與綠葉的，那又似乎太濃了。其餘呢，西湖的波太明了，秦淮河的也太暗了。可愛的，我將什麼來比擬你呢？我怎麼比擬得出呢？大約潭是很深的，故能蘊蓄著這樣奇異的綠；彷彿蔚藍的天融了一塊在裏面似的，這才這般的鮮潤呀。——那醉人的綠呀！我若能裁你以為帶，我將贈給那輕盈的舞女；她必能臨風飄舉了。我若能挹你以為眼，我將贈給那善歌的盲妹；她必明眸善睞了。我捨不得你；我怎捨得你呢？我用手拍著你，撫摩著你，如同一個十二三歲的小姑娘。我又掬你入口，便是吻著她了。我送你一個名字，我從此叫你「女兒綠」，好麼？

我第二次到仙岩的時候，我不禁驚詫於梅雨潭的綠了。

三 白水漈

幾個朋友伴我遊白水漈。

這也是個瀑布；但是太薄了，又太細了。有時閃著些須的白光；等你定睛看去，卻又沒有——只剩一片飛煙而已。從前有所謂「霧縠」，大概就是這樣了。所以如此，全由於岩石中間突然空了一段；水到那裏，無可憑依，凌虛飛下，便扯得又薄又細了。當那空處，最是奇蹟。白光嬗爲飛煙，已是影子，有時卻連影子也不見。有時微風過來，用纖手挽著那影子，它便嫋嫋的成了一個軟弧；但她的手才鬆，它又像橡皮帶兒似的，立刻伏伏帖帖的縮回來了。我所以猜疑，或者另有雙不可知的巧手，要將這些影子織成一個幻網。——微風想奪了她的，她怎麼肯呢？

幻網裏也許織著誘惑；我的依戀便是個老大的證據。

四 生命的價格——七毛錢

生命本來不應該有價格的；而竟有了價格！人販子，老鴇，以至近來的綁票土匪，都就他們的所有物，標上參差的價格，出賣於人；我想將來許還有公開的人市場呢！在種種「人貨」裏，價格最高的，自然是土匪們的票了，少則成千，多則成萬；大約是有歷史以來，「人貨」的最高的行情了。其次是老鴇們所有的妓女，由數百元到數千元，是常常聽到的。最賤的要算是人販子的貨色！他們所有的，只是些男女小孩，只是些「生貨」，所以便賣不起價錢了。

人販子只是「仲買人」，他們還得取給於「廠家」，便是出賣孩子們的人家。「廠家」的價格才真是道地呢！《青光》裏曾有一段記載，說三塊錢買了一個丫頭；那是移讓過來的，但價格之低，也就夠令人驚詫了！「廠家」的價格，卻還有更低的！三百錢，五百錢買一個孩子，在災荒時不算難事！但我不曾見過。我親眼看見的一條最賤的生命，是七毛錢買來的！這是一個五歲的女孩子。一個五歲的「女孩子」賣七毛錢，也許不能算是最賤；但請您細看：將一條生命的自由和七枚小銀元各放在天平的一個盤裏，您將發現，正如九頭牛與一根牛毛一樣，兩個盤兒的重量相差實在太遠了！

我見這個女孩，是在房東家裏。那時我正和孩子們吃飯；妻走來叫我看一件奇事，七毛錢買來的孩子！孩子端端正正的坐在條凳上；面孔黃黑色，但還豐潤；衣帽也還整潔可看。我看了幾眼，覺得和我們的孩子也沒有什麼差異；我看不出她的低賤的生命的符記——如我們看低賤的貨色時所容易發見的符記。我回到自己的飯桌上，看看阿九和阿菜，始終覺得和那個女孩沒有什麼不同！但是，我畢竟發見真理了！我們的孩子所以高貴，正因爲我們不曾出賣他們，而那個女孩所以低賤，正因爲她是被出賣的；這就是她只值七毛錢的緣故了！呀，聰明的真理！

妻告訴我這孩子沒有父母，她哥嫂將她賣給房東家姑爺開的銀匠店裏的夥計，便是帶著她吃飯的那個人。他似乎沒有老婆，手頭很窘的，而且喜歡喝酒，是一個糊塗的人！我想這孩子父母若還在世，或者還捨不得賣她，至少也要遲幾年賣她；因爲她究竟是可憐可憐的小羔羊。到了哥嫂的手裏，情形便不同了！家裏總不寬裕，多一張嘴吃飯，多費些布做衣，是顯而易見的。將來人大了，由哥嫂賣出，究竟是爲難的；說不定還得找補些兒，才能送出去。這可多麼冤呀！不如趁小的時候，誰也不注意，做個人情，送了乾淨！您想，溫州不算十分窮苦的地方，也沒碰著大荒年，幹什麼得了七個小毛錢，就心甘情願的將自己的小妹子捧給人家呢？說等錢用？誰也不信！七毛錢了得什麼急事！溫州又不是沒人買的！大約買賣兩方本來相知；那邊恰要個孩子頑兒，這邊也樂得出脫，便半送半賣的含糊定了交易。我猜想那時夥計向袋裏一摸一股腦兒掏了出來，只有七毛錢！哥哥原也不指望著這筆錢用，也就大大方方收了完事。於是財貨兩交，那女孩便歸夥計管業了！

這一筆交易的將來，自然是在運命手裏；女兒本姓「碰」，由她去碰罷了！但可知的，運命決不加惠於她！第一幕的戲已啓示於我們了！照妻所說，那夥計必無這樣耐心，撫養她成人長大！他將像豢養小豬一樣，等到相當的肥壯的時候，便賣給屠戶，任他宰割去；這其間他得了賺頭，是理所當然的！但屠戶是誰呢？在她賣做丫頭的時候，便是主人！「仁慈的」主人只宰割她相當的勞力，如養羊而剪牠的毛一樣。到了相當的年紀，便將她配人。能夠這樣，她雖然被撳在丫頭坯裏，卻還算不幸中之幸哩。但在目下這錢世界裏，如此大方的人究竟是少的；我們所見的，十有六七是刻薄人！她若賣到這種人手裏，他們必搾榨她過量的勞力。供不應求時，便罵也來了，打也來了！等她成熟時，卻又好轉賣給人家作妾；平常搾榨的不夠，這兒又找補一個尾子！偏生這孩子模樣兒又不好；入門不能得丈夫的歡心，容易遭大婦的淩虐，又是顯然的！她的一生，將消磨於眼淚中了！也有些主人自己收婢作妾的；但紅顏白髮，也只空斷送了她的一生！和前例相較，只是五十步與百步而已。——更可危的，她若被那夥計賣在妓院裏，老鴇才真是個令人肉顫的屠戶呢！我們可以想到：她怎樣逼她學彈學唱，怎樣驅遣她去做粗活！怎樣用藤筋打她，用針刺她！怎樣督責她承歡賣笑！她怎樣吃殘羹冷飯！怎樣打熬著不得睡覺！怎樣終於生了一身毒瘡！她的相貌使她只能做下等妓女；她的淪落風塵是終生的！她的悲劇也是終生的！——唉！七毛錢竟買了你的全生命——你的血肉之軀竟抵不上區區七個小銀元麼！生命真太賤了！生命真太賤了！

因此想到自己的孩子的運命，真有些膽寒！錢世界裏的生命市場存在一日，都是我們孩子的危險！都是我們孩子的侮辱！您有孩子的人呀，想想看，這是誰之罪呢？這是誰之責呢？

航船中的文明

第一次乘夜航船，從紹興府橋到西興渡口。

紹興到西興本有汽油船。我因急於來杭，又因年來逐逐於火車輪船之中，也想「回到」航船裏，領略先代生活的異樣的趣味；所以不顧親戚們的堅留和勸說（他們說航船裏是很苦的），毅然決然的於下午六時左右下了船。有了「物質文明」的汽油船，卻又有「精神文明」的航船，使我們徘徊其間，左右顧而樂之，真是二十世紀中國人的幸福了！

航船中的乘客大都是小商人；兩個軍弁是例外。滿船沒有一個士大夫；我區區或者可充個數兒，——因為我曾讀過幾年書，又忝為大夫之後——但也是例外之例外！真的，那班士大夫到哪裡去了呢？這不消說得，都到了輪船裏去了！士大夫雖也擎著大旗擁護精神文明，但千慮不免一失，竟為那物質文明的孫兒，滿身洋油氣的小頑意兒騙得定定的，忍心害理的撇了那老相好。於是航船雖然照常行駛，而光彩已減少許多！這確是一件可以慨嘆的事；而「國粹將亡」的呼聲，似也不是徒然的了。嗚呼，是誰之咎歟？

既然來到這「精神文明」的航船裏，正可將船裏的精神文明考察一番，才不虛此一行。但從那裏下手呢？這可有些為難，躊躇之間，恰好來了一個女人。——我說「來了」，彷彿親眼看見，而孰知不然；我知道她「來了」，是在聽見她尖銳的語音的時候。至於她的面貌，我至今還沒有看見呢。這第一要怪我的近視眼，第二要怪那襲人的暮色，第三要怪——哼——要怪那「男女分坐」的精神文明了。女人坐在前面，男人坐在後面；那女人離我至少有兩丈遠，所以便不可見其臉了。且慢，這樣左怪右怪，「其詞若有憾焉」，你們或者猜想那女人怎樣美呢。而孰知又大大的不然！我也曾「約略的」看來，都是鄉下的黃面婆而已。至於尖銳的語音，那是少年的婦女所常有的，倒也不足爲奇。然而這一次，那來了的女人的尖銳的語音竟致勞動區區的執筆者，卻又另有緣故。在那語音裏，表示出對於航船裏精神文明的抗議；她說，「男人女人都是人！」她要坐到後面來，（因前面太擠，實無他故，合併聲明），而航船裏的「規矩」是不許的。船家攔住她，她仗著她不是姑娘了，便老了臉皮，大著膽子，慢慢的說了那句話。她隨即坐在原處，而「批評家」的議論繁然了。一個船家在船沿上走著，隨便的說，「男人女人都是人，是的，不錯。做秤鉤的也是鐵，做秤錘的也是鐵，做鐵錨的也是鐵，都是鐵呀！」這一段批評大約十分巧妙，說出諸位「批評家」所要說的，於是眾喙都息，這便成了定論。至於那女人，事實上早已坐下了；「孤掌難鳴」，或者她飽飫了諸位「批評家」的宏論，也不要鳴了罷。「是非之心」，雖然「人皆有之」，而撐船經商者流，對於名教之大防，竟能剖辨得這樣「詳明」，也著實虧他們了。中國畢竟是禮義之邦，文明之古國呀！——我悔不該亂怪那「男女分坐」的精神文明了！

「禍不單行」，湊巧又來了一個女人。她是帶著男人來的。——呀，帶著男人！正是；所以才「禍不單行」呀！——說得滿口好紹興的杭州話，在黑暗裏隱隱露著一張白臉；帶著五六分城市氣。

船家照他們的「規矩」，要將這一對兒生剌剌的分開；男人不好意思做聲，女的卻搶著說，「我們是『一堆生』的！」太親熱的字眼，竟在「規規矩矩的」航船裏說了！於是船家命令的嚷道：「我們有我們的規矩，不管你『一堆生』不『一堆生』的！」大家都微笑了。有的沉吟的說：「一堆生的？」有的驚奇的說：「一『堆』生的！」有的嘲諷的說：「哼，一堆生的！」在這四面楚歌裏，憑你怎樣伶牙俐齒，也只得服從了！「婦者，服也」，這原是她的本行呀。只看她毫不置辯，毫不懊惱，還是若無其事的和人攀談，便知她確乎是「服也」了。這不能不感謝船家和乘客諸公「衛道」之功；而論功行賞，船家尤當首屈一指。嗚呼，可以風矣！

在黑暗裏征服了兩個女人，這正是我們的光榮；而航船中的精神文明，也粲然可見了——於是乎書。

歐遊雜記

威尼斯

威尼斯（Venice）是一個別致地方。出了火車站，你立刻便會覺得；這裏沒有汽車，要到那兒，不是搭小火輪，便是雇「剛朵拉」（Gondola）。大運河穿過威尼斯像反寫的S；這就是大街。另有小河道四百十八條，這些就是小胡同。輪船像公共汽車，在大街上走；「剛朵拉」是一種搖櫓的小船，威尼斯所特有，它那兒都去。威尼斯並非沒有橋；三百七十八座，有的是。只要不怕轉彎抹角，那兒都走得到，用不著下河去。可是輪船中人還是很多，「剛朵拉」的買賣也似乎並不壞。

威尼斯是「海中的城」，在義大利半島的東北角上，是一群小島，外面一道沙堤隔開亞得利亞海。在聖馬克方場的鐘樓上看，團花簇錦似的東一塊西一塊在綠波裡蕩漾著。遠處是水天相接，一片茫茫。這裏沒有什麼煤煙，天空乾乾淨淨；在溫和的日光中，一切都像透明的。中國人到此，彷彿在江南的水鄉；夏初從歐洲北部來的，在這兒還可看見清清楚楚的春天的背影。海水那麼綠，那麼釅，會帶你到夢中去。

威尼斯不單是明媚，在聖馬克方場走走就知道。這個方場南面臨著一道運河；場中偏東南便是那可以望遠的鐘樓。威尼斯最熱鬧的地方是這兒，最華妙莊嚴的地方也是這兒。除了西邊，圍著的都是三百年以上的建築，東邊居中是聖馬克堂，卻有了八九百年——鐘樓便在它的右首。再向右是「新衙門」；教堂左首是「老衙門」。這兩溜兒樓房的下一層，現在滿開了鋪子。鋪子前面是長廊，一天到晚是來來去去的人。緊接著教堂，直伸向運河去的是公爺府；這個一半屬於小方場，另一半便屬於運河了。

聖馬克堂是方場的主人，建築在十一世紀，原是卑贊廷式，以直線爲主。十四世紀加上戈昔式的裝飾，如尖拱門等；十七世紀又參入文藝復興期的裝飾，如欄杆等。所以莊嚴華妙，兼而有之；這正是威尼斯人的漂亮勁兒。教堂裏屋頂與牆壁上滿是碎玻璃嵌成的畫，大概是真金色的地，藍色和紅色的聖靈像。這些像做得非常肅穆。教堂的地是用大理石鋪的，顏色花樣種種不同。在那種空闊陰暗的氛圍中，你覺得偉麗，也覺得森嚴。教堂左右那兩溜兒樓房，式樣各別，並不對稱；鐘樓高三百二十二英尺，也偏在一邊兒。但這兩溜房子都是三層，都有許多拱門，恰與教堂的門面與圓頂相稱；又都是白石造成，越襯出教堂的金碧輝煌來。教堂右邊是向運河去的路，是一個小方場，本來顯得空闊些，鐘樓恰好塡了這個空子。好像我們戲裏大將出場，後面一杆旗子總是偏著取勢；這方場中的建築，節奏其實是和諧不過的。十八世紀義大利卡那來陀（Canaletto）一派畫家專畫威尼斯的建築，取材於這方場的很多。德國德來司敦畫院中有幾張，真好。

公爺府裏有好些名人的壁畫和屋頂畫，丁陶來陀（Tintoretto，十六世紀）的大畫《樂園》最著名；但更重要的是它建築的價値。運河上有了這所房子，增加了不少顏色。這全然是戈昔式；動工在九世紀初，以後屢次遭火，屢次重修，現在的據說還是原來的式樣。最好看的是它的西南兩面；西面斜對著聖馬克方場，南面正在運河上。在運河裏看，眞像在畫中。它也是三層：下兩層是尖拱門，一眼看去，無數的柱子。最下層的拱門簡單疏闊，是載重的樣子；上一層便繁密得多，為裝飾之用；最上層卻更簡單，一根柱子沒有，除了疏疏落落的窗和門之外，都是整塊的牆面。牆面上用白的與玫瑰紅的大理石砌成素樸的方紋，在日光裏鮮明得像少女一般。威尼斯人真不愧著色的能手。這所房子從運河中看，好像在水裏。下兩層是玲瓏的架子，上一層才是屋子；這是很巧的結構，加上那艷而雅的顏色，令人有惝恍迷離之感。府後有太息橋；從前一邊是監獄，一邊是法院，獄囚提訊須過這裏，所以得名。拜倫詩中曾詠此，因而便膾炙人口起來，其實也只是近世的東西。

威尼斯的夜曲是很著名的。夜曲本是一種抒情的曲子，夜晚在人家窗下隨便唱。可是運河裏也有：晚上在聖馬克方場的河邊上，看見河中有紅綠的紙球燈，便是唱夜曲的船。雇了「剛朵拉」搖過去，靠著那個船停下，船在水中間，兩邊挨次排著「剛朵拉」，在微波裏蕩著，像是兩隻翅膀。唱曲的有男有女，圍著一張桌子坐，輪到了便站起來唱，旁邊有音樂和著。曲詞自然是義大利語，義大利的語音據說最純粹，最清朗。聽起來似乎的確斬截些，女人的尤其如此——義大利的歌女是出名的。音樂節奏繁密，聲情熱烈，想來是最流行的「爵士樂」。在微微搖擺地紅綠燈球底下，顫著釅釅的歌喉，運河上一片朦朧的夜也似乎透出玫瑰紅的樣子。唱完幾曲之後，船上有人跨過來，反拿著帽子收錢，多少隨意。不願意聽了，還可搖到第二處去。這個略略像當年的秦淮河的光景，但秦淮河卻熱鬧得多。

從聖馬克方場向西北去，有兩個教堂在藝術上是很重要的。一個是聖羅珂堂，旁邊有一所屋子，牆上屋頂上滿是畫；樓上下大小三間屋，共六十二幅畫，是丁陶來陀的手筆。屋裏暗極，只有早晨看得清楚。丁陶來陀作畫時，因地制宜，大部分只粗粗鉤勒，利用陰影，教人看了覺得是幾經琢磨似的。《十字架》一幅在樓上小屋內，力量最雄厚。佛拉利堂在聖羅珂近旁，有大畫家鐵沁（Titian，十六世紀）和近代雕刻家卡奴窪（Canova）的紀念碑。卡奴窪的，靈巧，是自己打的樣子；鐵沁的，宏壯，是十九世紀中葉才完成的。他的《聖處女升天圖》掛在神壇後面，那朱紅與亮藍兩種顏色鮮明極了，全幅氣韻流動，如風行水上。倍里尼（Giovanni Bellini，十五世紀）的《聖母像》，也是他的精品。他們都還有別的畫在這個教堂裏。

從聖馬克方場沿河直向東去，有一處公園；從一八九五年起，每兩年在此地開國際藝術展覽會一次。今年是第十八屆；加入展覽的有意，荷，比，西，丹，法，英，奧，蘇俄，美，匈，瑞士，波蘭等十三國，義大利的東西自然最多，種類繁極了：未來派立體派的圖畫雕刻，都可見到，還有別的許多新奇的作品，說不出路數。顏色大概鮮明，教人眼睛發亮；建築也是新式，簡截不囉嗦，痛快之至。蘇俄的作品不多，大概是工農生活的表現，兼有沉毅和高興的調子。他們也用鮮明的顏色，但顯然沒有很費心思在藝術上，作風老老實實，並不向牛犄角裏尋找新奇的玩意兒。

威尼斯的玻璃器皿，刻花皮件，都是名產，以典麗風華勝，緙絲也不錯。大理石小雕像，是著名大品的縮本，出於名手的還有味。

佛羅倫司

佛羅倫司（Florence）最教你忘不掉的是那色調鮮明的大教堂與在它一旁的那高聳入雲的鐘樓。教堂靠近鬧市，在狹窄的舊街道與繁密的市房中，展開它那偉大的個兒，好像一座山似的。它的門牆全用大理石砌成，黑的紅的白的線條相間著。長方形是基本圖案，所以直線雖多，而不覺嚴肅，也不覺浪漫；白天裏繞著教堂走，仰著頭看，正像看達文齊的《摩那麗沙》（Mona Lisa）像，她在你上頭，可也在你裏頭。這不獨是線形溫和平靜的緣故，那三色的大理石，帶著它們的光澤，互相顯映，也給你鮮明穩定的感覺；加上那樸素而黯淡的周圍，襯托著這富麗堂皇的建築，像給它打了很牢固的基礎一般。夜晚就不同些；在模糊的街燈光裏，這龐然的影子便有些壓迫著你了。教堂動工在十三世紀，但門牆只是十九世紀的東西；完成在一八八四年，算到現在才四十九年。教堂裏非常簡單，與門牆決不相同，只穹隆頂宏大而已。

鐘樓在教堂的右首，高二百九十二英尺，是喬陀（Giotto，十四世紀）的傑作。喬陀是義大利藝術的開山祖師；從這座鐘樓可以看出他的大匠手。這也用顏色大理石砌成牆面；寬度與高度正合式，玲瓏而不顯單薄。牆面共分七層：下四層很短，是打根基的樣子，最上層最長，以助上聳之勢。窗戶越高越少越大，最上層只有一個；在長方形中有金字塔形的妙用。教堂對面是受洗所，以吉拜地（Ghiberti）做的銅門著名。有兩扇最工，上刻《聖經》故事圖十方，分遠近如畫法，但未免太工些；門上並有作者的肖像。密凱安傑羅（十六世紀）說過這兩扇門真配做天上樂園的門，傳為佳話。

教堂內容富麗的，要推送子堂，以《送子圖》得名。門外廊子裏有沙陀（Sarto，十六世紀）的壁畫，他自己和他太太都在畫中；畫家以自己或太太作模特兒是常見的。教堂裏屋頂以金漆花紋界成長方格子，燦爛之極。門內左邊有一神龕，明燈照耀，香花供養，牆上便是《送子圖》。畫的是天使送耶穌給處女瑪利亞，相傳是天使的手筆。平常遮著不讓我們俗眼看；每年只復活節的禮拜五揭開一次。這是塔斯干省最尊的神龕了。

梅迭契（Medici）家廟也以富麗勝，但與別處全然不同。梅迭契家是中古時大公爵，治佛羅倫司多年。那時佛羅倫司非常富庶，他們家窮極奢華；佛羅倫司藝術的興盛，一半便由於他們的愛好。這個家廟是歷代大公爵家族的葬所。房屋是八角形，有穹隆頂；分兩層，下層是墳墓，上層是雕像與紀念碑等。上層牆壁，全用各色上好大理石作面子，中間更用寶石嵌成花紋，地也用大理石嵌花鋪成；屋頂是名人的畫。光彩煥發，五色紛綸；嵌工最精細，平滑如天然。佛羅倫司嵌石是與威尼斯嵌玻璃齊名的，梅迭契家造這個廟，用過二千萬元，但至今並未完成；雕像座還空著一大半，地也沒有全鋪好。旁有新廟，是密凱安傑羅所建，樸質無華；中有雕像四座，叫做《晝》《夜》《晨》《昏》，是紀念碑的裝飾，是出於密凱安傑羅的手，頗有名。

十字堂是「佛羅倫司的西寺」，「塔斯干的國葬院」；前面是但丁的造像。密凱安傑羅與科學家格里雷的墓都在這裏，但丁也有一座紀念碑；此外名人的墓還很多。佛羅倫司與但丁有關係的遺跡，除這所教堂外，在洗子堂附近是他的住宅；是一所老老實實的小磚房，帶一座方樓，據說那時闊人家都有這種方樓的。他與他的情人佩特拉齊相遇，傳說是在一座橋旁；這個情景常見於圖畫中。這座有趣的橋，照畫看便是阿奴河上的三一橋；橋兩頭各有雕像兩座，風光確是不壞。佩特拉齊的住宅離但丁的也不遠；她葬在一個小教堂裏，就在住宅對面小胡同內。這個教堂雙扉緊閉，破舊得可以，據說是終年不常開的。但丁與佩特拉齊的屋子，現在都已作別用，不能進去，只牆上釘些紀念的木牌而已。佩特拉齊住宅牆上有一塊木牌，專鈔但丁的詩兩行，說他遇見了一個美人，卻有些意思。還有一所教堂，據說原是但丁寫《神曲》的地方；但書上沒有，也許是「齊東野人」之語罷。密凱安傑羅住過的屋子在十字堂近旁，是他侄兒的住宅。現在是一所小博物院，其中兩間屋子陳列著密凱安傑羅塑的小品，有些是名作的雛形，都奕奕有神采。在這一層上，他似乎比但丁還有幸些。

佛羅倫司著名的方場叫做官方場，據說也是歷史的和商業的中心，比威尼斯的聖馬克方場黯淡冷落得多。東邊未周府，原是共和時代的議會，現在是市政府。要看中古時佛羅倫司的堡子，這便是個樣子，建築彷佛銅牆鐵壁似的。門前有密凱安傑羅《大衛》（David）像的翻本（**原件存本地國家美術院中**）。府西是著名的噴泉，雕像頗多；中間亞波羅駕四馬，據說是一塊大理石鑿成。但死板板的沒有活氣，與旁邊有血有肉的《大衛》像一比，便看出來了。密凱安傑羅說這座像白費大理石，也許不錯。府東是朗齊亭，原是人民會集的地方，裏面有許多好的古雕像；其中一座像有兩個面孔，後一個是作者自己。

方場東邊便是烏費齊畫院（Uffizi Gallery）。這畫院是梅迭契家立的，收藏十四世紀到十六世紀的義大利畫最多；義大利畫的精華薈萃於此，比那兒都好。喬陀，波鐵乞利（Botticelli，十五世紀），達文齊（十五世紀），拉飛爾（十六世紀），密凱安傑羅，鐵沁的作品，這兒都有；波鐵乞利和鐵沁的最多。喬陀，波鐵乞利，達文齊都是佛羅倫司派，重形線與構圖；拉飛爾曾到佛羅倫司，也受了些影響。鐵沁是威尼斯派，重著色。這兩個潮流是西洋畫的大別。波鐵乞利的作品如《勃里馬未拉的寓言》，《愛神的出生》等似乎最能代表前一派；達文齊的《迭子圖》，構圖也極巧妙。鐵沁的《佛羅拉像》和《愛神》，可以看出豐富的顏色與柔和的節奏。另有《藍色聖母像》，沙瑣費拉陀（Sossoferrato，十七世紀）所作，後來臨摹的很多；《小說月報》曾印作插圖。古雕像以《梅迭契愛神》，《摔跤》爲最：前者情韻欲流，後者精力飽滿，都是神品。

隔阿奴河有辟第（Pitti）畫院，有長廊與烏費齊相通；這條長廊架在一座橋的頂上，裏面掛著許多畫像。辟第畫院是辟第（Luca Pitti）立的。他和梅迭契是死冤家。可是後來擴充這個畫院的還是梅迭契家。收藏的名畫有拉飛爾的兩幅《聖母像》，《福那利那像》與鐵沁的《馬達來那像》等。福那利那是拉飛爾的未婚妻，是他許多名作的模特兒。鐵沁此幅和《佛羅拉像》作風相近，但金髮飄拂，節奏更要生動些。

兩個畫院中常看見女人坐在小桌旁用描花筆蘸著粉臨摹小畫像，這種小畫像是將名畫臨摹在一塊長方的或橢圓的小紙上，裝在小玻璃框裏，作案頭清供之用。因爲地方太小，只能臨摹半身像。這也是西方一種特別的藝術，頗有些歷史。看畫院的人走過那些小桌子旁，她們往往請你看她們的作品；遞給你擴大鏡讓你看出那是一筆不苟的。每件大約二十元上下。她們特別拉住些太太們，也許太太們更能賞識她們的耐心些。

十字堂鄰近，許多做嵌石的鋪子。黑地嵌石的圖案或帶圖案味的花卉人物等都好；好在顏色與光澤彼此襯托，恰到佳處。有幾塊小丑像，趣極了。但臨摹風景或圖畫的卻沒有什麼好。無論怎麼逼真，總還隔著一層；嵌石決不能如作畫那麼靈便的。再說就使做得和畫一般，也只是因難見巧，沒有一點新東西在內。威尼斯嵌玻璃卻不一樣。他們用玻璃小方塊嵌成風景圖；這些玻璃塊相似而不盡相同，它們所構成的不是一個簡單的平面，而是許多顏色的點兒。你看時會覺得每一點都觸著你，它們間的光影也極容易跟著你的角度變化；至少這「觸著你」一層，畫是辦不到的。不過佛羅倫司所用大理石，色澤勝於玻璃多多，威尼斯人雖會著色，究竟還趕不上。

羅馬

羅馬（Rome）是歷史上大帝國的都城，想像起來，總是氣象萬千似的。現在它的光榮雖然早過去了，但是從七零八落的廢墟裏，後人還可彷彿於百一。這些廢墟，舊有的加上新發掘的，幾乎隨處可見，像特意點綴這座古城的一般。這邊幾根石柱子，那邊幾段破牆，帶著當年的塵土，寂寞地陷在大坑裏；雖然在夏天中午的太陽，照上去也黯黯淡淡，沒有多少勁兒。就中羅馬市場（Forum Romanum）規模最大。這裏是古羅馬城的中心，有法庭，神廟，與住宅的殘跡。卡司多和波魯斯廟的三根哥林斯式的柱子，頂上還有片石相連著；在全場中最為秀拔，像三個丰姿飄灑的少年用手橫遮著額角，正在眺望這一片古市場。想當年這裏終日擠擠鬧鬧的也不知有多少人，各有各的心思，各有各的手法；現在只剩三兩起遊客指手畫腳地在死一般的寂靜裏。犄角上有一所住宅，情形還好；一面是三間住屋，有壁畫，已模糊了，地是嵌石鋪成的；旁廂是飯廳，壁畫極講究，畫的都是正大的題目，他們是很看重飯廳的。市場上面便是巴拉丁山，是飽歷興衰的地方。最早是一個村落，只有些茅草屋子；羅馬共和末期，一姓貴族聚居在這裏；帝國時代，更是繁華。遊人走上山去，兩旁宏壯的住屋還留下完整的黃土坯子，可以見出當時闊人家的氣局。屋頂一片平場，原是許多花園，總名法內塞園子，也是四百年前的舊跡；現在點綴些花木，一角上還有一座小噴泉。在這園子裏看腳底下的古市場，全景都在望中了。

市場東邊是鬥獅場，還可以看見大概的規模；在許多宏壯的廢墟裏，這個算是情形最好的。外牆是一個大圓圈兒，分四層，要仰起頭才能看到頂上。下三層都是一色的圓拱門和柱子，上一層只有小長方窗戶和楞子，這種單純的對照教人覺得這座建築是整整的一塊，好像直上雲霄的松柏，老幹亭亭，沒有一些繁枝細節。裏面中間原是大平場；中古時在這兒築起堡壘，現在滿是一道道頹毀的牆基，倒成了四不像。這場子便是鬥獅場；環繞著的是觀眾的坐位。下兩層是包廂，皇帝與外賓的在最下層，上層是貴族的；第三層公務員坐；最上層平民坐：共可容四五萬人。獅子洞還在下一層，有口直通場中。鬥獅是一種刑罰，也可以說是一種裁判：罪囚放在獅子面前，讓獅子去搏他；他若居然制死了獅子，便是直道在他一邊，他就可自由了。但自然是讓獅子吃掉的多；這些人大約就算活該。想到臨場的罪囚和他親族的悲苦與恐怖，他的仇人的痛快，皇帝的威風，與一般觀眾好奇的緊張的面目，真好比一場惡夢。這個場子建築在一世紀，原是戲園子，後來才改作鬥獅之用。

鬥獅場南面不遠是卡拉卡拉浴場。古羅馬人頗講究洗澡，浴場都造得好，這一所更其華麗。全場用大理石砌成，用嵌石鋪地；有壁畫，有雕像，用具也不尋常。房子高大，分兩層，都用圓拱門，走進去覺得穩穩的；裏面金碧輝煌，與壁畫雕像相得益彰。居中是大健身房，有噴泉兩座。場子占地六英畝，可容一千六百人洗浴。洗浴分冷熱水蒸氣三種，各占一所屋子。古羅馬人上浴場來，不單是爲洗澡；他們可以在這兒商量買賣，和解訟事等等，正和我們上茶店上飯店一般作用。這兒還有好些遊藝，他們公餘或倦後來洗一個澡，找幾個朋友到遊藝室去消遣一回，要不然，到客廳去談談話，都是很「寫意」的。現在卻只剩下一大堆遺跡。大理石本來還有不少，早給搬去造聖彼得等教堂去了；零星的物件陳列在博物院裏。我們所看見的只是些巍巍峨峨參參差差的黃土骨子，站在太陽裏，還有學者們精心研究出來的《卡拉卡拉浴場圖》的照片，都只是所謂過屠門大嚼而已。

羅馬從中古以來便以教堂著名。康南海《羅馬遊紀》中引杜牧的詩「南朝四百八十寺，多少樓臺煙雨中」，光景大約有些相像的；只可惜初夏去的人無從領略那煙雨罷了。聖彼得堂最精妙，在城北尼祿圓場的舊址上。尼祿在此地殺了許多基督教徒。據說聖彼得上十字架後也便葬在這裏。這教堂幾經興廢，現在的房屋是十六世紀初年動工，經了許多建築師的手。密凱安傑羅七十二歲時，受保羅第三的命，在這兒工作了十七年。後人以為天使保羅第三假手於這一個大藝術家，給這座大建築定下了規模；以後雖有增改，但大體總是依著他的。教堂內部參照卡拉卡拉浴場的式樣，許多高大的圓拱門穩穩地支著那座穹隆頂。教堂長六百九十六英尺，寬四百五十英尺，穹隆頂高四百〇三英尺，可是乍看不覺得是這麼大。因為平常看屋子大小，總以屋內飾物等為標準，飾物等的尺寸無形中是有譜子的。聖彼得堂裏的卻大得離了譜子，「天使像巨人，鴿子像老鷹」；所以教堂真正的大小，一下倒不容易看出了。但是你若看裏面走動著的人，便漸漸覺得不同。教堂用彩色大理石砌牆，加上好些嵌石的大幅的名畫，大都是亮藍與朱紅二色；鮮明豐麗，不像普通教堂一味陰沉沉的。密凱安傑羅雕的彼得像，溫和光潔，別是一格，在教堂的犄角上。

聖彼得堂兩邊的列柱迴廊像兩隻胳膊擁抱著聖彼得圓場；留下一個口子，卻又像個玦。場中央是一座埃及的紀功方尖柱，左右各有大噴泉。那兩道迴廊是十七世紀時亞歷山大第三所造，成於倍里尼（Bernini）之手。廊子裏有四排多力克式石柱，共二百八十四根；頂上前後都有欄杆，前面欄杆上並有許多小雕像。場左右地上有兩塊圓石頭，站在上面看同一邊的廊子，覺得只有一排柱子，氣魄更雄偉了。這個圓場外有一道彎彎的白石線，便是梵蒂岡與義大利的分界。教皇每年復活節站在聖彼得堂的露臺上爲人民祝福，這個場子內外據說是擁擠不堪的。

聖保羅堂在南城外，相傳是聖保羅葬地的遺址，也是柱子好。門前一個方院子，四面廊子裏都是些整塊石頭鑿出來的大柱子，比聖彼得的兩道廊子卻質樸得多。教堂裏面也簡單空廓，沒有什麼東西。但中間那八十根花崗石的柱子，和盡頭處那六根蠟石的柱子，縱橫地排著，看上去彷彿到了人跡罕至的遠古的森林裏。柱子上頭牆上，周圍安著嵌石的歷代教皇像，一律圓框子。教堂旁邊另有一個小柱廊，是十二世紀造的。這座廊子圍著一所方院子，在低低的牆基上排著兩層各色各樣的細柱子——有些還嵌著金色玻璃塊兒。這座廊子精工可以說像湘繡，秀美卻又像王羲之的書法。

在城中心的威尼斯方場上巍然蹯踞著的，是也馬奴兒第二的紀功廊。這是近代義大利的建築，不缺少力量。一道彎彎的長廊，在高大的石基上。前面三層石級：第一層在中間，第二三層分開左右兩道，通到廊子兩頭。這座廊子左右上下都勻稱，中間又有那一彎，便兼有動靜之美了。從廊前列柱間看到暮色中的羅馬全城，覺得幽遠無窮。

羅馬藝術的寶藏自然在梵蒂岡宮；卡辟多林博物院中也有一些，但比起梵蒂岡來就太少了。梵蒂岡有好幾個雕刻院，收藏約有四千件，著名的《拉奧孔》（Laoco on）便在這裏。畫院藏畫五十幅，都是精品，拉飛爾的《基督現身圖》是其中之一，現在卻因修理關著。梵蒂岡的壁畫極精彩，多是拉飛爾和他門徒的手筆，為別處所不及。有四間拉飛爾室和一些廊子，裏面滿是他們的東西。拉飛爾由此得名。他是烏爾比奴人，父親是詩人兼畫家。他到羅馬後，極為人所愛重，大家都要教他畫；他忙不過來，只好收些門徒作助手。他的特長在畫人體。這是實在的人，肢體圓滿而結實，有肉有骨頭。這自然受了些佛羅倫司派的影響，但大半還是他的天才。他對於氣韻，遠近，大小與顏色也都有敏銳的感覺，所以成為大家。他在羅馬住的屋子還在，墳在國葬院裏。歇司丁堂與拉飛爾室齊名，也在宮內。這個神堂是十五世紀時歇司土司第四造的，第一百三十三英尺，寬四十五英尺。兩旁牆的上部，都由佛羅倫司派畫家裝飾，有波鐵乞利在內。屋頂的畫滿都是密凱安傑羅的，歇司丁堂著名在此。密凱安傑羅是佛羅倫司派的極峰。他不多作畫，一生精華都在這裏。他畫這屋頂時候，以深沉肅穆的心情滲入畫中。他的構圖裏氣韻流動著，形體的勾勒也自然靈妙，還有那雄偉出塵的風度，都是他獨具的好處。堂中祭壇的牆上也是他的大畫，叫做《最後的審判》。這幅壁畫是以後多年畫的，費了他七年工夫。

羅馬城外有好幾處隧道，是一世紀到五世紀時候基督教徒挖下來做墓穴的，但也用作敬神的地方。尼祿搜殺基督教徒，他們往往避難於此。最值得看的是聖卡里斯多隧道。那兒還有一種熱誠花，十二瓣，據說是代表十二使徒的。我們看的是聖賽巴司提亞堂底下的那一處，大家點了小蠟燭下去。曲曲折折的狹路，兩旁是大大小小深深淺淺的墓穴；現在自然是空的，可是有時還看見些零星的白骨。有一處據說聖彼得住過，成了龕堂，壁上畫得很好。另處也還有些壁畫的殘跡。這個隧道似乎有四層，占的地方也不小。聖賽巴司提亞堂裏保存著一塊石頭，上有大腳印兩個；他們說是耶穌基督的，現在供養在神龕裏。另一個教堂也供著這麼一塊石頭，據說是仿本。

縲絏堂建於第五世紀，專爲供養拴過聖彼得的一條鐵鏈子。現在這條鏈子還好好的在一個精美的龕子裏。堂中周理烏司第二紀念碑上有密凱安傑羅雕的幾座像；摩西像尤爲著名。那種原始的堅定的精神和勇猛的力量從眉目上，鬍鬚上，胳膊上，手上，腿上，處處透露出來，教你覺得見著了一個偉大的人。又有個阿拉古里堂，中有聖嬰像。這個聖嬰自然便是耶穌基督；是十五世紀耶路撒冷一個教徒用橄欖木雕的。他帶它到羅馬，供養在這個堂裏。四方來許願的很多，據說非常靈驗；它身上密層層地掛著許多金銀飾器都是人家還願的。還有好些信寫給它，表示敬慕的意思。

羅馬城西南角上，挨著古城牆，是英國墳場或叫做新教墳場。這裏邊葬的大都是藝術家與詩人，所以來參謁來憑弔的義大利人和別國的人終日不絕。就中最有名的自然是十九世紀英國浪漫詩人雪萊與濟茲的墓。雪萊的心葬在英國，他的遺灰在這兒。墓在古城牆下斜坡上，蓋有一塊長方的白石；第一行刻著「心中心」，下面兩行是生卒年月，再下三行是莎士比亞《風暴》中的仙歌。

彼無毫毛損，
海濤變化之，
從此更神奇。

好在恰恰關合雪萊的死和他的爲人。濟茲墓相去不遠，有墓碑，上面刻著道：

這座墳裏是
英國一位少年詩人的遺體；
他臨死時候，
想著他仇人們的惡勢力，
痛心極了，叫將下面這一句話
刻在他的墓碑上：
「這兒躺著一個人，
他的名字是用水寫的。」

末一行是速朽的意思；但他的名字正所謂「不廢江河萬古流」，又豈是當時人所料得到的。後來有人別作新解，根據這一行話做了一首詩，連濟茲的小像一塊兒刻銅嵌在他墓旁牆上。這首詩的原文是很有風趣的。

濟茲名字好，
說是水寫成；
一點一滴水，
後人的淚痕——
英雄枯萬骨，
難如此感人。
安睡吧，
陳詞雖掛漏，
高風自崢嶸。

這座墳場是羅馬富有詩意的一角；有些愛羅馬的人雖不死在義大利，也會遺囑葬在這座「永遠的城」的永遠的一角裏。

滂卑故城

滂卑（Pompei）故城在奈波里之南，義大利半島的西南角上。維蘇威火山在它的正東，像一座圍屏。紀元七十九年，維蘇威初次噴火。噴出的熔岩倒沒有什麼；可是那崩裂的灰土。山一般壓下來，到底將一座繁華的滂卑城活活地埋在底下，不透一絲風兒。那時是半夜裏。好在大多數人瞧著兆頭不妙，早捲了細軟走了；剩下的並不多，想來是些窮小子和傻瓜罷。城是埋下去了，年歲一久，誰也忘記了。只存下當時一個叫小勃里尼的人的兩封信，裏面敘述滂卑陷落的情形；但沒有人能指出這座故城的遺址來。直到一七四八年大劇場與別的幾座房子出土，才有了頭緒；系統的發掘卻遲到一八六〇年。到現在這座城大半都出來了；工作還繼續著。

滂卑的文化很高，從道路，建築，壁畫，雕刻，器皿等都可看出。後三樣大部分陳列在奈波里國家博物院中；去滂卑的人最好先到那裏看看。但是這種文化大體從希臘輸入，羅馬人自己的極少。當時羅馬的將領打過了好些個勝仗，閒著沒事，便風雅起來，搜羅希臘的美術品，裝飾自己的屋子。這些東西有的是打仗時搶來的，有的是買的。古語說得好：「上有好者，下必有甚焉者；」這種美術的嗜好漸漸成了風氣。那時羅馬人有的是錢；希臘人卻窮了，樂得有這班好主顧。「物聚於所好」，滂卑還只是第三等的城市，大戶人家陳設的美術品已經像一所不寒塵的博物院，別的大城可想而知。

滂卑沿海，當時與希臘交通，也是個商業的城市，人民是很富裕的。他們的生活非常奢靡，正合「飽暖思淫欲」一句話。滂卑的淫風似乎甚盛。他們崇拜男根，相信可以給人好運氣，倒不像後世人作不淨想。街上走，常見牆上橫安著黑的男根；器具也常以此爲飾。有一所大住宅，是兩個姓魏提的單身男子住的，保存得最好；裏面一間小屋子，牆上滿是春畫，據說他們常從外面叫了女人到這裏。院子裏本有一座噴泉，泉水以小石像的男根爲出口；這座像現在也藏在那間小屋中。廊下還有一幅壁畫，畫著一架天秤；左盤裏是錢袋，一個人以他的男根放在右盤中，左盤便高起來了。可見滂卑人所重在彼而不在此。另有妓院一所，入門中間是穿堂，兩邊有小屋五間，每間有一張土床，床以外隙地便不多。穿堂牆上是春畫；小屋內牆上間或刻著人名，據說這是遊客的題名保薦，讓他的朋友們看了，也選他的相好。

從來酒色連文，滂卑人在酒上也是極放縱的。只看到處是酒店，人家裏多有藏酒的地窖子便知道了。滂卑的酒店有些像杭州紹興一帶的，酒壚與櫃檯都在門口，裏面沒有多少地方；來者大約都是喝「櫃檯酒」的。現在還可以見許多殘破的酒壚和大大小小的酒甏；人家地窖裏堆著的酒甏也不少。這些酒甏是黃土做的，長頸細腹尖底，樣子靈巧，可是放不穩，不知當時如何安置。

上面說起魏提的住宅，是很講究的。宅子高大，屋子也多；一所空闊的院子，周圍是深深的走廊。廊下懸著石雕的面具；院中也放著許多雕像，中間是噴泉和魚池。屋後還有花園。滂卑中上人家大概都有噴泉，魚池與花園，大小稱家之有無；噴泉與魚池往往是分開的。水從山上用鉛管引下來，辦理得似乎不壞。

魏提家的壁畫頗多，牆壁用紅色，粉刷得光潤無比，和大理石差不多。畫也精工美妙。飯廳裏畫著些各行手藝，彷彿宋人《懋遷圖》的味兒。但做手藝的都是帶翅子的小愛神，便不全是寫實了。在紅牆上畫出一條黑帶兒，在這條道兒上面再用鮮明的藍黃等顏色作畫，映照起來最好看；藍色中滲一點粉，用來畫衣裳與愛神的翅膀等，真是飄飄欲舉。這種畫分明彷希臘的壁雕，所以結構亭勻不亂。膳廳中畫最多；黑帶子是在牆下端，上面是一幅幅的並列著，卻沒有甚大的。膳廳中如何佈置，已不可知。曾見別兩家的是這樣：中間一座長方的小石灰臺子，紅色，這便是桌子。圍著是馬蹄形的坐位，也是石灰砌的，顏色相同。近臺子那一圈低些闊些，是坐的，後面狹狹的矮矮的四五層斜著上去，像是靠背用的，最上層便又闊了。但那兩家規模小，魏提家當然要闊些。至於地用嵌石鋪，是在意中的。這些屋子裏的銀器銅器玻璃器等與壁畫雕像大部分保存在奈波里；還有塗上石灰的屍首及已化炭的麵包和穀類，都是城陷時的東西。

滂卑人是會享福的，他們的浴場造得很好。冷熱浴蒸氣浴都有；場中存衣櫃，每個浴客一個，他們可以舒舒服服地放心洗澡去。場寬闊高大，牆上和圓頂上滿是畫。屋頂正中開一個大圓窗子，光從這裏下來，雨也從這裏下來；但他們不在乎雨，場裏面反正是濕的。有一處浴場對門便是飯館，洗完澡，就上這兒吃點兒喝點兒，真「美」啊。滂卑城並不算大，卻有三個戲園子。大劇場為最，能容兩萬人，大約不常用，現在還算完好。常用的兩個比較小些，已頹毀不堪；一個據說有頂，是夜晚用的，一個無頂，是白天用的。城中有好幾個市場，是公眾買賣與娛樂的地方；法庭廟宇都在其中；現在卻只見幾片長方的荒場和一些破壇斷柱而已。

街市中除酒店外，別種店鋪的遺跡也還不少。曾走過一家藥店，架子上還零亂地放著些玻璃瓶兒；又走過一家餅店，五個烘餅的小磚爐也還好好的。街旁常見水槽；槽裏的水是給馬喝的，上面另有一個管子，行人可以就著喝。喝時須以一隻手按著槽邊，翻過身仰起臉來。這個姿勢也許好看，舒服是並不的。日子多了，槽邊經人按手的地方凹了下去，磨得光滑滑的。街路用大石鋪成，也還平整寬舒；中間常有三大塊或兩大塊橢圓的平石分開放著，是爲上下馬車用的。車有兩輪，恰好從石頭空處過去。街道是直的，與後世取曲勢的不同。雖然一望到頭，可是襯著兩旁一排排的距離相似高低相仿的頹垣斷戶，倒彷彿無窮無盡似的。從整齊劃一中見偉大，正中古羅馬人的長處。

瑞士

瑞士有「歐洲的公園」之稱。起初以爲有些好風景而已；到了那裏，才知無處不是好風景，而且除了好風景似乎就沒有什麼別的。這大半由於天然，小半也是人工。瑞士人似乎是靠遊客活的，只看很小的地方也有若干若干的旅館就知道。他們拼命地築鐵道通輪船，讓愛逛山的愛遊湖的都有落兒；而且車船兩便，票在手裏，愛怎麼走就怎麼走。瑞士是山國，鐵道依山而築，隧道極少；所以老是高高低低，有時像差得很遠的。還有一種爬山鐵道，這兒特別多。狹狹的雙軌之間，另加一條特別軌：有時是一個個方格兒，有時是一個個鉤子；車底下帶一種齒輪似的東西，一步步咬著這些方格兒，這些鉤子，慢慢地爬上爬下。這種鐵道不用說工程大極了；有些簡直是筆陡筆陡的。

逛山的味道實在比遊湖好。瑞士的湖水一例是淡藍的，真正平得像鏡子一樣。太陽照著的時候，那水在微風裏搖晃著，宛然是西方小姑娘的眼。若遇著陰天或者下小雨，湖上迷迷濛濛的，水天混在一塊兒，人如在睡裏夢裏。也有風大的時候；那時水上便皺起粼粼的細紋，有點像顰眉的西子。可是這些變幻的光景在岸上或山上才能整個兒看見，在湖裏倒不能領略許多。況且輪船走得究竟慢些，常覺得看來看去還是湖，不免也膩味。逛山就不同，一會兒看見湖，一會兒不看見；本來湖在左邊，不知怎麼一轉彎，忽然挪到右邊了。湖上固然可以看山，山上還可看山，阿爾卑斯有的是重巒疊嶂，怎麼看也不會窮。山上不但可以看山，還可以看谷；稀稀疏疏錯錯落落的房舍，彷彿有雞鳴犬吠的聲音，在山肚裏，在山腳下。看風景能夠流連低徊固然高雅，但目不暇接地過去，新境界層出不層，也未嘗不淋漓痛快；坐火車逛山便是這個辦法。

盧參（Luzerne）在瑞士中部，盧參湖的西北角上。出了車站，一眼就看見那汪汪的湖水和屏風般的青山，真有一股爽氣撲到人的臉上。與湖連著的是勞思河，穿過盧參的中間。河上低低的一座古水塔，從前當作燈塔用；這兒稱燈塔爲「盧釆那」，有人猜「盧參」這名字就是由此而出。這座塔低得有意思；依傍著一架曲了又曲的舊木橋，倒配了對兒。這架橋帶頂，像廊子；分兩截，近塔的一截低而窄，那一截卻突然高闊起來，彷彿彼此不相干，可是看來還只有一架橋。不遠兒另是一架木橋，叫龕橋，因上有神龕得名，曲曲的，也古。許多對柱子支著橋頂，頂底下每一根橫樑上兩面各釘著一大幅三角形的木板畫，總名「死神的跳舞」。每一幅配搭的人物和死神跳舞的姿態都不相同，意在表現社會上各種人的死法。畫筆大約並不算頂好，但這樣上百幅的死的圖畫，看了也就夠勁兒。過了河往裏去，可以看見城牆的遺跡。牆依山而築，蜿蜒如蛇；現在卻只見一段一段的嵌在住屋之間。但九座望樓還好好的，和水塔一樣都是多角錐形；多年的風吹日曬雨淋，顏色是黯淡得很了。

冰河公園也在山上。古代有一個時期北半球全埋在冰雪裏，瑞士自然在內。阿爾卑斯山上積雪老是不化，越堆越多。在底下的漸漸地結成冰，最底下的一層漸漸地滑下來，順著山勢，往谷裏流去。這就是冰河。冰河移動的時候，遇著夏季，便大量地溶化。這樣溶化下來的一股大水，力量無窮；石頭上一個小縫兒，在一個夏天裏，可以讓沖成深深的大潭。這個叫磨穴。有時大石塊被帶進潭裏去，出不來，便只在那兒跟著水轉。初起有稜角，將潭壁上磨了許多道兒；日子多了，稜角慢慢光了，就成了一個大圓球，還是轉著。這個叫磨石。冰河公園便以這類遺跡得名。大大小小的石潭，大大小小的石球，現在是安靜了；但那粗糙的樣子還能教你想見多少萬年前大自然的氣力。可是奇怪，這些不言不語的頑石，居然背著多少萬年的歷史，比我們人類還老得多多；要沒人卓古證今地說，誰相信。這樣講，古詩人慨嘆「磊磊澗中石」，似乎也很有些道理在裏頭了。這些遺跡本來一半埋在亂石堆裏，一半埋在草地裏，直到一八七二年秋天才偶然間被發現。還發現了兩種化石：一種上是些蚌殼，足見阿爾卑斯腳下這一塊土原來是滔滔的大海。另一種上是片棕葉，又足見此地本有熱帶的大森林。這兩期都在冰河期前，日子雖然更杳茫，光景卻還能在眼前描畫得出，但我們人類與那種大自然一比，卻未免太微細了。

立磯山（Rigi）在盧參之西，乘輪船去大約要一點鐘。去時是個陰天，雨意很濃。四周陡峭的青山的影子冷冷地沉在水裏。湖面兒光光的，像大理石一樣。上岸的地方叫威茲老，山腳下一座小小的村落，疏疏散散遮遮掩掩的人家，靜透了。上山坐火車，只一輛，走得可真慢，雖不像蝸牛，卻像牛之至。一邊是山，太近了，不好看。一邊是湖，是湖上的山；從上面往下看，山像一片一片兒插著，湖也像只有一薄片兒。有時窗外一座大崖石來了，便什麼都不見；有時一片樹木來了，只好從枝葉的縫兒裏張一下。山上和山下一樣，靜透了，常常聽到牛鈴兒叮兒噹的。牛帶著鈴兒，爲的是跑到那兒都好找。這些牛真有些「不知漢魏」，有一回居然擋住了火車；開車的還有山上的人幫著，吆喝了半大，才將牠們哄走。但是誰也沒有著急，只微微一笑就算了。山高五千九百零五英尺，頂上一塊不大的平場。據說在那兒可以看見周圍九百里的湖山，至少可以看見九個湖和無數的山峰。可是我們的運氣壞，上山後雲便越濃起來；到了山頂，什麼都裹在雲裹，幾乎連我們自己也在內。在不分遠近的白茫茫裏悶坐了一點鐘，下山的車才來了。

交湖（Interlaken）在盧參的東南。從盧參去，要坐六點鐘的火車。車子走過勃呂尼山峽。這條山峽在瑞士是最低的，可是最有名。沿路的風景實在太奇了。車子老是挨著一邊兒山腳下走，路很窄。那邊兒起初也只是山，青青青的。越往上走，那些山越高了，也越遠了，中間豁然開朗，一片一片的谷，是從來沒看見過的山水畫。車窗裏直望下去，卻往往只見一叢叢的樹頂，到處是深的綠，在風裏微微波動著。路似乎頗彎曲的樣子，一座大山峰老是看不完；瀑布左一條右一條的，多少讓山頂上的雲掩護著，清淡到像一些聲音都沒有，不知轉了多少轉，到勃呂尼了。這兒高三千二百九十六英尺，差不多到了這條峽的頂。從此下山，不遠便是勃利安湖的東岸，北岸就是交湖了。車沿著湖走。太陽出來了，隔岸的高山青得出煙，湖水在我們腳下百多尺，閃閃的像琺瑯一樣。

交湖高一千八百六十六英尺，勃利安湖與森湖交會於此。地方小極了，只有一條大街；四周讓阿爾卑斯的群峰嚴嚴地圍著。其中少婦峰最爲秀拔，積雪皚皚，高出雲外。街北有兩條小徑。一條沿河，一條在山腳下，都以幽靜勝。小徑的一端，依著座小山的形勢參差地安排著些別墅般的屋子。街南一塊平原，只有稀稀的幾個人家，顯得空曠得不得了。早晨從旅館的窗子看，一片清新的朝氣冉冉地由遠而近，彷彿在古時的村落裏。街上滿是旅館和鋪子；鋪子不外賣些紀念品，咖啡，酒飯等等，都是爲遊客預備的；還有旅行社，更是的。這個地方簡直是遊客的地方，不像屬於瑞士人。紀念品以刻木爲最多，大概是些小玩意兒；是一種塗紫色的木頭，雖然刻得粗略，卻有氣力。在一家鋪子門前看見一個美國人在說，「你們這些東西都沒有用處；我不歡喜玩意兒。」買點紀念品而還要考較用處。此君真美國得可以了。

從交湖可以乘車上少婦峰，路上要換兩次車。在老臺勃魯能換爬山電車，就是下面帶齒輪的。這兒到萬根，景致最好看。車子慢慢爬上去，窗外展開一片高山與平陸，寬曠到一眼望不盡。坐在車中，不知道車子如何爬法；卻看那邊山上也有一條陡峻的軌道，也有車子在上面爬著，就像一隻甲蟲。到萬格那爾勃可見冰川，在太陽裏亮晶晶的。到小夏代格再換車，軌道中間裝上一排鐵鉤子，與車底下的齒輪好咬得更緊些。這條路直通到少婦峰前頭，差不多整個兒是隧道；因爲山上滿積著雪，不得不打山肚裏穿過去。這條路是歐洲最高的鐵路，費了十四年工夫才造好，要算近代頂偉大的工程了。

在隧道裏走沒有多少意思，可是哀格望車站值得看。那前面的看廊是從山岩裏硬鑿出來的。三個又高又大又粗的拱門般的窗洞，教你覺得自己藐小。望出去很遠；五千九百零四英尺下的格林德瓦德也可見。少婦峰站的看廊卻不及這裏；一眼盡是雪山，雪水從簷上滴下來，別的什麼都沒有。雖在一萬一千三百四十二英尺的高處，而不能放開眼界，未免令人有些悵悵。但是站裏有一架電梯，可以到山頂上去。這是小小一片高原，在明西峰與少婦峰之間，三百二十英尺長，厚厚地堆著白雪。雪上雖只是淡淡的日光，乍看竟耀得人睜不開眼。

這兒可望得遠了。一層層的峰巒起伏著，有戴雪的，有不戴的；總之越遠越淡下去。山縫裏躲躲閃閃一些玩具般的屋子，據說便是交湖了。原上一頭插著瑞士白十字國旗，在風裏颯颯地響，頗有些氣勢。山上不時地雪崩，沙沙沙沙流下來像水一般，遠看很好玩兒。腳下的雪滑極，不走慣的人寸步都得留神才行。少婦峰的頂還在二千三百二十五英尺之上，得憑著自己的手腳爬上去。

下山還在小夏代格換車，卻打這兒另走一股道，過格林德瓦德直到交湖，路似乎平多了。車子繞明西峰走了好些時候。明西峰比少婦峰低些，可是大。少婦峰秀美得好，明西峰雄奇得好。車子緊挨著山腳轉，陡陡的山勢似乎要向窗子裏直壓下來，像傳說中的巨人。這一路有幾條瀑布；瀑布下的溪流快極了，翻著白沫，老像沸著的鍋子。早九點多在交湖上車，回去是五點多。

司皮也茲（Spiez）是玲瓏可愛的一個小地方：臨著森湖，如浮在湖上。路依山而建，共有四五層，臺階似的。街上常看不見人。在旅館樓上待著，遠處偶然有人過去，說話聲音聽得清清楚楚的。傍晚從露臺上望湖，山腳下的暮靄混在一抹輕藍裏，加上幾星兒剛放的燈光，真有味。孟特羅

（Montreux）的果子可可糖也真有味。日內瓦像上海，只湖中大噴水，高二百餘英尺，還有盧梭島及他出生的老屋，現在已開了古董鋪的，可以看看。

荷蘭

一個在歐洲沒住過夏天的中國人，在初夏的時候，上北國的荷蘭去，他簡直覺得是新秋的樣子。淡淡的天色，寂寂的田野，火車走著，像沒人理會一般。天盡頭處偶爾看見一架半架風車，動也不動的，像向天揸開的鐵手。在瑞士走，有時也是這樣一勁兒的靜；可是這兒的肅靜，瑞士卻沒有。瑞士大半是山道，窄狹的，彎曲的，這兒是一片廣原，氣象自然不同。火車漸漸走近城市，一溜房子看見了。紅的黃的顏色，在那灰灰的背景上，越顯得鮮明照眼。那尖屋頂原是三角形的底子，但左右兩邊近底處各折了一折，便多出兩個角來；機伶裏透著老實，像個小胖子，又像個小老頭兒。

荷蘭人有名地會蓋房子。近代談建築，數一數二是荷蘭人。快到羅特丹（Rotterdam）的時候，有一家工廠，房屋是新樣子。房子分兩截，近處一截是一道內曲線，兩大排玻璃窗子反射著強弱不同的光。接連著的一截是比較平正些的八層樓，窗子也是橫排的。「樓梯間」滿用玻璃，外面既好看，上樓又明亮好走，比舊式陰森森的樓梯間，只在牆上開著小窗戶的自然好多了。整排不斷的橫窗戶也是現代建築的特色；靠著鋼骨水泥，才能這樣辦。這家工廠的橫窗戶有兩個式樣，窗寬牆窄是一式，牆寬窗窄又是一式。有人說這種牆和窗子像麵包夾火腿；但那是麵包那是火腿卻弄不明白。又有人說這種房子彷彿滿支在玻璃上，老教人疑心要倒塌似的。可是我只覺得一條條連接不斷的橫線都有大氣力，足以支撐這座大屋子而有餘，而且一眼看下去，痛快極了。

海牙和平宮左近，也有不少新式房子，以鋪面爲多，與工廠又不同。顏色要鮮明些，裝飾風也要重些，大致是清秀玲瓏的調子。最精緻的要數那一座「大廈」，是分租給人家住的。是不規則的幾何形。約莫居中是高聳的通明的樓梯間，界劃著黑鋼的小方格子。一邊是長條子，像伸著的一隻胳膊；一邊是方方的。每層樓都有欄杆，長的那邊用藍色，方的那邊用白色，襯著淡黃的窗子。人家說荷蘭的新房子就像一隻輪船，真不錯。這些欄杆正是輪船上的玩意兒。那梯子間就是煙囪了。大廈前還有一個狹長的池子，淺淺的，盡頭處一座雕像。池旁種了些花草，散放著一兩張椅子。屋子後面沒有欄杆，可是水泥牆上簡單的幾何形的界劃，看了也非常爽目。那一帶地方很寬闊，又清靜，過午時大廈滿在太陽光裏，左近一些碧綠的樹掩映著，教人捨不得走。亞姆斯特丹（Amsterdam）的新式房子更多。皇宮附近的電報局，樣子打得巧，斜對面那家電氣公司卻一味地簡樸；兩兩相形起來，倒有點意思。別的似乎都趕不上這兩所好看。但「新開區」還有整大片的新式建築，沒有得去看，不知如何。

荷蘭人又有名地會畫畫。十七世紀的時候，荷蘭脫離了西班牙的羈絆，漸漸地興盛，小康的人家多起來了。他們衣食既足，自然想著些風雅的玩意兒。那些大幅的神話畫宗教畫，本來專供裝飾宮殿小教堂之用。他們是新國，用不著這些。他們只要小幅頭畫著本地風光的。人像也好，風俗也好，景物也好，只要「荷蘭的」就行。在這些畫裏，他們親親切切地看見自己。要求既多，供給當然跟著。那時畫是上市的，和皮鞋與蔬菜一樣，價錢也差不多。就中風俗畫（Genre picture）最流行。直到現在，一提起荷蘭畫家，人總容易想起這種畫。這種畫的取材是極平凡的日常生活；而且限於室內，採的光往往是灰暗的。這種材料的生命在親切有味或滑稽可喜。一個賣野味的鋪子可以成功一幅畫，一頓飯也可能成功一幅畫。有些滑稽太過，便近乎低級趣味。譬如海牙毛利丘司（Mauritshuis）畫院所藏的莫蘭那（Molenaer）畫的《五覺圖》。《嗅覺》一幅，畫一婦人捧著小孩，他正在拉矢。《觸覺》一幅更奇，畫一婦人坐著，一男人探手入她的衣底；婦人便舉起一隻鞋，要向他的頭上打下去。

這畫院裏的名畫卻真多。陀（Dou）的《年輕的管家婦》，瑣瑣屑屑地畫出來，沒有一些地方不熨貼。鮑特（Potter）的《牛》工極了，身上一個蠅子都沒有放過，但是活極了，那牛簡直要從牆上緩緩地走下來；佈局也單純得好。衛米爾（Vermeer）畫他本鄉代夫脫（Delft）的風景一幅，充分表現那靜肅的味道。他是小風景畫家，以善分光影和精於佈局著名。風景畫取材雜，要安排得停當是不容易的。荷蘭畫像，哈司（Hals）是大師。但他的好東西都在他故鄉哈來姆（Haorlem），別處見不著。亞姆斯特丹的力克士博物院（Ryks Museum）中有他一幅《俳優》，是一個彈著琵琶的人，神氣頗足。這些都是十七世紀的畫家。

但是十七世紀荷蘭最大的畫家是冉伯讓（Rembrandt）。他與一般人不同，創造了個性的藝術；

將自己的思想感情，自己這個人放進他畫裏去。他畫畫不再伺候人，即使畫人像，畫宗教題目，也還分明地見出自己。十九世紀藝術的浪漫運動只承認表現藝術家的個性的作品有價值，便是他的影響。他領略到精神生活裏神秘的地方，又有深厚的情感。最愛用一片黑做背景；但那黑是活的不是死的。黑裏漸漸透出黃黃的光，像壓著的火焰一般；在這種光裏安排著他的人物。像這樣的光影的對照是他的絕技；他的神秘與深厚也便從這裏見出。這不僅是浮泛的幻想，也是貼切的觀察；在他作品裏夢和現實混在一塊兒。有人說他從北國的煙雲裏悟出了畫理，那也許是真的。他會看到氤氳的底裏去。他的畫像最能表現人的心理，也便是這個緣故。

毛利丘司裏有他的名作《解剖班》《西面在聖殿中》。前一幅寫出那站著在說話的大夫從容不迫的樣子。一群學生圍著解剖臺，有些坐著，有些站著；毛著腰的，側著身子的，直挺挺站著的，應有盡有。他們的頭，或俯或仰，或偏或正，沒有兩個人相同。他們的眼看著屍體，看著說話的大夫，或無所屬，但都在凝神聽話。寫那種專心致志的光景，維妙維肖。後一幅寫殿宇的莊嚴，和參加的人的聖潔與和藹，一種虔敬的空氣瀰漫在畫面上，教人看了會沉靜下去。他的另一傑作《夜巡》在力克士博物院裏。這裏一大群武士，都拿了兵器在守望著敵人。一位爵爺站在前排正中間，向著旁邊的弁兵有所吩咐；別的人有的在眺望，有的在指點，有的在低低地談論，右端一個打鼓的，人和鼓都只露了一半；他似乎焦急著，只想將槌子敲下去。左端一個人也在忙忙地伸著右手整理他的槍口。他的左胳膊底下鑽出一個孩子，露著驚惶的臉。人物的安排，交互地用疏密與明暗；

乍看不勻稱，細看再勻稱沒有。這幅畫裏光的運用最巧妙；那些濃淡渾析的地方，便是全畫的精神所在。冉伯讓是雷登（Leyden）人，晚年住在亞姆斯特丹。他的房子還在，裏面陳列著他的腐刻畫與鋼筆毛筆畫。腐刻畫是用藥水在銅上刻出畫來，他是大匠手；鋼筆畫毛筆畫他也擅長。這裏還有他的一座銅像，在用他的名字的廣場上。

海牙是荷蘭的京城，地方不大，可是清靜。走在街上，在淡淡的太陽光裏，覺得什麼都可以忘記了的樣子。城北尤其如此。新的和平宮就在這兒，這所屋是一個人捐了做國際法庭用的。屋不多，裏面裝飾得很好看。引導人如數家珍地指點著，告訴遊客這些裝飾品都是世界各國捐贈的。樓上正中一間大會議廳，他們稱爲日本廳；因爲三面牆上都掛著日本的大幅的緙絲，而這幾幅東西是日本用了多少多少人在不多的日子裏特地趕做出來給這所和平宮用的。這幾幅都是花鳥，顏色鮮明，織得也細緻；那日本特有的清麗的畫風整個兒表現著。中國送的兩對景泰藍的大壺（古禮器的壺）也安放在這間廳裏。廳中間是會議席，每一張椅子背上有一個緞套子，繡著一國的國旗；那國的代表開會時便坐在這裏。屋左屋後是花園；亭子，噴水，雕像，花木等等，錯綜地點綴著，明麗深曲兼而有之。也不十二分大，卻老像走不盡的樣子。從和平宮向北去，電車在稀疏的樹林子裏走。滿車中綠蔭蔭的，斑駁的太陽光在車上在地下跳躍著過去。不多一會兒就到海邊了。海邊熱鬧得很，玩兒的人來往不絕。長長的一帶沙灘上，滿放著些藤簍子——實在是些轎式的藤椅子，預備洗完澡坐著曬太陽的。這種藤簍子的頂像一個瓢，又圓又胖，那拙勁兒真好。更衣的小木屋也多。大約天氣還冷，沙灘上只看見零零落落的幾個人。那北海的海水白白的展開去，沒有一點風濤，像個頂聽話的孩子。

亞姆斯特丹在海牙東北，是荷蘭第一個大城。自然不及海牙清靜。可是河道多，差不多有一道街就有一道河，是北國的水鄉；所以有「北方威尼斯」之稱。橋也有三百四十五座，和威尼斯簡直差不多。河道寬闊乾淨，卻比威尼斯好；站在橋上順著河望過去，往往水木明瑟，引著你一直想見最遠最遠的地方。亞姆斯特丹東北有一個小島，叫馬鏗（Marken）島，是個小村子。那邊的風俗服裝古裏古怪的，你一腳踏上岸就會覺得回到中世紀去了。乘電車去，一路經過兩三個村子。那是個陰天。漠漠的風煙，紅黃相間的板屋，正在旋轉著讓船過去的轎，都教人耳目一新。到了一處，在街當中下了車，由人指點著找著了小汽輪。海上坦蕩蕩的，遠處一架大風車在慢慢地轉著。船在斜風細雨裏走，漸漸從朦朧裏看見馬鏗島。這個島真正「不滿眼」，一道堤低低的環繞著。據說島只高出海面幾尺，就仗著這一點兒堤擋住了那茫茫的海水。島上不過二三十份人家，都是尖頂的板屋；下面一律搭著架子，因為隔水太近了。板屋是紅黃黑三色相間著，每所都如此。島上男人未多見，也許打漁去了；女人穿著紅黃白藍黑各色相間的衣裳，和他們的屋子相配。總而言之，一到了島上，雖在黯淡的北海上，眼前卻亮起來了。島上各家都預備著許多紀念品，爭著將遊客讓進去；也有裝了一大柳條筐，一手抱著孩子，一手挽著筐子在路上兜售的。自然做這些事的都是些女人。紀念品裏有些玩意兒不壞：如小木鞋，像我們的毛窩的樣子；如長的竹煙袋兒，煙袋鍋的脖子上掛著一雙頂小的木鞋，的里瓜拉的；如手絹兒，一角上絨繡著島上的女人，一架大風車在她們頭上。

回來另是一條路，電車經過另一個小村子叫伊丹（Edam）。這兒的乾酪四遠馳名，但那一座挨著一座跨在一條小河上的高架吊橋更有味。望過去足有二三十座，架子像城門圈一般；走上去便微微搖晃著。河直而窄，兩岸不多幾層房屋，路上也少有人，所以彷彿只有那一串兒的橋輕輕地在風裏擺著。這時候真有些覺得是回到中世紀去了。

柏林

柏林的街道寬大，乾淨，倫敦巴黎都趕不上的；又因爲不景氣，來往的車輛也顯得稀些。在這兒走路，盡可以從容自在地呼吸空氣，不用張張望望躲躲閃閃。找路也頂容易，因爲街道大概是縱橫交切，少有「旁逸斜出」的。最大最闊的一條叫菩提樹下，柏林大學，國家圖書館，新國家畫院，國家歌劇院都在這條街上。東頭接著博物院洲，大教堂，故宮；西邊到著名的勃朗登堡門爲止，長不到二里。過了那座門便是梯爾園，街道還是直伸下去——這一下可長了，三十七八里。勃朗登堡門和巴黎凱旋門一樣，也是紀功的。建築在十八世紀末年，有點仿雅典奈昔克里司門的式樣。高六十六英尺，寬六十八碼半；兩邊各有六根多力克式石柱子。頂上是站在駟馬車裏的勝利神像，雄偉莊嚴，表現出德意志國都的神采。那神像在一八〇七年被拿破崙當作勝利品帶走，但七年後便又讓德國的隊伍帶回來了。

從菩提樹下西去，一出這座門，立刻神氣清爽，眼前別有天地；那空闊，那望不到頭的綠樹，便是梯爾園。這是柏林最大的公園，東西六里，南北約二里。地勢天然生得好，加上樹種得非常巧妙，小湖小溪，或隱或顯，也安排的是地方。大道像輪子的輻，湊向軸心去。道旁齊齊地排著蔥郁的高樹；樹下有時候排著些白石雕像，在深綠的背景上越顯得潔白。小道像樹葉上的脈絡，不知有多少。跟著道走，總有好地方，不辜負你。園子裏花壇也不少。羅森花壇是出名的一個，玫瑰最好。一座天然的圍牆，圓圓地繞著，上面密密地厚厚地長著綠的小圓葉子；牆頂參差不齊。壇中有兩個小方池，滿飄著雪白的水蓮花，玲瓏地托在葉子上，像惺忪的星眼。兩池之間是一個皇后的雕像；四周的花香花色好像她的供養。梯爾園人工勝於天然。真正的天然卻又是一番境界。曾走過市外「新西區」的一座林子。稀疏的樹，高而瘦的幹子，樹下隨意彎曲的路，簡直教人想到倪雲林的畫本。看著沒有多大，但走了兩點鐘，卻還沒走完。

柏林市內市外常看見運動員風的男人女人。女人大概都光著腳亮著胳膊，雄赳赳地走著，可是並不和男人一樣。她們不像巴黎女人的苗條，也不像倫敦女人的拘謹，卻是自然得好。有人說她們太粗，可是有股勁兒。司勃來河橫貫柏林市，河上有不少划船的人。往往一男一女對坐著，男的只穿著游泳衣，也許赤著膊只穿短褲子。看的人絕不奇怪而且有喝彩的。曾親見一個女大學生指著這樣划著船的人說，「美啊！」讚美身體，讚美運動，已成了他們的道德。星期六星期日上水邊野外看去，男男女女老老少少誰都帶一點運動員風。再進一步，便是所謂「自然運動」。大家索性不要那撈什子衣服，那才真是自然生活了。這有一定地方，當然不會隨處見著。但書籍雜誌是容易買到的。也有這種電影。那些人運動的姿勢很好看，很柔軟，有點兒像太極拳。在長天大海的背景上來這一套，確是美的，和諧的。日前報上說德國當局要取締他們，看來未免有些個多事。

柏林重要的博物院集中在司勃來河中一個小洲上。這就叫做博物院洲。雖然叫做洲，因為周圍陸地太多，河道幾乎擠得沒有了，加上十六道橋，走上去毫不覺得身在洲中。洲上總共七個博物院，六個是通連著的。最奇偉的是勃嘉蒙（Pergamon）與近東古蹟兩個。勃嘉蒙在小亞細亞，是希臘的重要城市，就是現在的貝加瑪。柏林博物院團在那兒發掘，掘出一座大享殿，是祭大神宙斯用的。這座殿是二千二百年前造的，規模宏壯，雕刻精美。掘出的時候已經殘破；經學者苦心研究，知道原來是什麼樣子，便照著修補起來，安放在一間特建的大屋子裏。屋子之大，讓人要怎麼看這座殿都成。屋頂滿是玻璃，讓光從上面來，最均勻不過；牆是淡藍色，襯出這座白石的殿越發有神兒。殿是方鎖形，周圍都是愛翁匿克式石柱，像是個廊子。當鎖口的地方，是若干層的臺階兒。兩頭也有幾層，上面各有殿基；殿基上，柱子下，便是那著名的「壁雕」。

壁雕（Frieze）是希臘建築裏特別的裝飾；在狹長的石條子上半深淺地雕刻著些故事，嵌在牆壁中間。這種壁雕頗有名作。如現存在不列顛博物院裏的雅典巴昔農神殿的壁雕便是。這裏的是一百三十二碼長，有一部分已經移到殿對面的牆上去。所刻的故事是奧靈匹亞諸神與地之諸子巨人們的戰爭。其中人物精力飽滿，歷劫如生。另一間大屋裏安放著羅馬建築的殘跡。一是大三座門，上下兩層，上層全爲裝飾用。兩層各用六對哥林斯式的石柱，與門相間著，隔出略帶曲折的廊子。上層三座門是實的，裏面各安著一尊雕像，全體整齊秀美之至。一是小神殿。兩樣都在第二世紀的時候。

近東古蹟院裏的東西是十九世紀末二十世紀初年德國東方學會在巴比倫和亞述發掘出來的。中間巴比倫的以色他門（Ischtar Gateway）最爲壯麗。門建築在二千五百年前奈補卡德乃沙王第二的手裏。門圈兒高三十九英尺，城垛兒四十九英尺，全用藍色珐瑯磚砌成。牆上浮雕著一對對的龍（與中國所謂龍不同）和牛，黃的白的相間著；上下兩端和邊上也是這兩色的花紋。龍是巴比倫城隍馬得的聖物，牛是大神亞達的聖物。這些動物的像稀疏地排列著，一面牆上只有兩行，犄角上只有一行；形狀也單純劃一。色彩在那藍的地子上，卻非常之鮮明。看上去真像大幅緙絲的圖案似的。還有巴比倫王宮裏正殿的面牆，是與以色他門同時做的，顏色鮮麗也一樣，只不過以植物圖案爲主罷了。馬得祭道兩旁屈折的牆基也用藍珐瑯磚；上面卻雕著向前走的獅子。這個祭道直通以色他門，現在也修補好了一小段，仍舊安在以色他門前面。另有一件模型，是整個兒的巴比倫城。這也可以慰情聊勝無了。亞述巴先宮的面牆放在以色他門的對面，當然也是修補起來的：周圍正正的拱門，一層層又細又密的柱子，在許多直線裏透出秀氣。

新博物院第一層中央是一座廳。兩道寬闊而華麗的樓梯彷彿占住了那間大屋子，但那間屋子還是照樣地覺得大不可言。屋裏什麼都高大；迎著樓梯兩座複製的大雕像，兩邊牆上大幅的歷史壁畫，一進門就讓人覺得萬千的氣象。德意志人的魄力，真有他們的。樓上本是雕版陳列室，今年改作哥德展覽會。有哥德和他朋友們的像，他的畫，他的書的插圖等等。《浮士德》的插圖最多，同一件事各人畫來趣味各別。樓下是埃及古物陳列室，大大小小的「木乃伊」都有；小孩的也有。有些在頭部放著一塊板，板上畫著死者的面相；這是用熔蠟畫的，畫法已失傳。這似乎是古人一件聰明的安排，讓千秋萬歲後，還能辨認他們的面影。另有人種學博物院在別一條街上，分兩院。所藏既豐富，又多罕見的。第一院吐魯番的壁畫最多。那些完好的真是妙莊嚴相；那些零碎的也古色古香。中國日本的東西不少，陳列得有系統極了，中日人自己動手，怕也不過如此。第二院藏的日本的漆器與畫很好。史前的材料都收在這院裏。有三間屋專陳列一八七一到一八九〇希利曼（Heinrich Schlieman）發掘特羅衣（Troy）城所得的遺物。

故宮在博物院洲之北，一九二一年改爲博物院，分歷史的工藝的兩部分。歷史的部分都是王族用過的公私屋子。這些屋子每間一個樣子；屋頂，牆壁，地板，顏色，陳設，各有各的格調。但輝煌精緻，是異曲同工的。有一間屋頂作穹隆形狀，藍地金星，儼然夜天的光景。又一間張著一大塊傘形的綢子，像在遮著太陽。又一間用了「古絡錢」紋做全室的裝飾。壁上或畫畫，或掛畫。地板用細木頭嵌成種種花樣，光滑無比。外國的宮殿外觀常不如中國的宏麗，但裏邊裝飾的精美，我們卻斷乎不及。

故宮西頭是皇儲舊邸。一九一九年因爲國家畫院的畫擁擠不堪，便將近代的作品挪到這兒，陳列在前邊的屋子裏。大部分是印象派表現派，也有立體派。表現派是德國自己的畫派。原始的精神，狂熱的色調，粗野模糊的構圖，你像在大野裏大風裏大火裏。有一件立體派的雕刻，是三個人像。雖然多是些三角形，直線，可是一個有一個的神氣，彼此還互相照應，像真會說話一般。表現派的精神現在還多多少少存在：柏林魏坦公司六月間有所謂「民眾藝術展覽會」，出售小件用具和玩物。玩物裏如小動物孩子頭之類，頗有些奇形怪狀，別具風趣的。還有展覽場六月間的展覽裏，有一部是剪貼畫。用顏色紙或布拼湊成形，安排在一塊地子上，一面加上些沙子等，教人有實體之感，一面卻故意改變形體的比例與線條的曲直，力避寫實的手法。有些現代人大約「是」要看了這種手藝才痛快的。

這一回展覽裏有好些小家屋的模型，有大有小。大概造起來省錢；屋子裏空氣，光，太陽都夠現代人用。沒有那些無用的裝飾，只看見橫豎的直線。用顏色，或用對照的顏色，教人看一所屋子是「整個兒」，不零碎，不瑣屑。小家屋如此，「大廈」也如此。德國的建築與荷蘭不同。他們注重實用，以簡單爲美，有時候未免太樸素些。近年來柏林這種新房子造得不少。這已不是少數藝術家的試驗而是一般人的需要了。「新西區」一帶便都是的。那一帶住屋小而巧，裏面的裝飾乾淨俐落，不顯一點板滯。「大廈」多在東頭亞歷山大場，似乎美觀的少。有些滿用橫線，像夾沙糕，有些滿用直線，這自然說的是窗子。用直線的據說是美國影響。但美國房屋高入雲霄，用直線合式；柏林的低多了，又向橫裏伸張，用直線便大大地不諧和了。「大廈」之外還有「廣場」，剛才說的展覽場便是其一。這個廣場有八座大展覽廳，連附屬的屋子共占地十八萬二千平方英尺；空場子合計起來共占地六十五萬平方英尺。乍走進去的時候，摸不著頭腦，彷彿連自己也會丟掉似的。建築都是新式。整個的場子若在空中看，是一幅圖案，輕靈而不板重。德意志體育場，中央飛機場，也都是這一類新造的廣場。前兩個在西，後一個在南，自然都在市外。此外電影院跳舞場往往得風氣之先，也有些新式樣。如鐵他尼亞宮電影院，那臺，那燈，那花樓，不是用圓，用弧線，便是用與弧線相近的曲線，要的也是一個乾淨俐落罷了。臺上一圈兒一圈兒有些像排簫的是管風琴。管風琴安排起來最累贅，這兒的佈置卻新鮮悅目，也許電影管風琴簡單些，才可以這麼辦。顏色用白銀與淡黃對照，教人常常清醒。祖國舞場也是新式，但多用直線形；顏色似乎多一種黑。這裏面有許多咖啡室。日本室便按日本式陳設，土耳其室便按土耳其式。還有萊茵室，在壁上畫著萊茵河的風景，用好些小電燈點綴在天藍的背景上，看去略得河上的夜的意思——自然，屋裏別處是不用燈的。還有雷電室，壁上畫著雷電的情景，用電光運轉；電射雷鳴，與音樂應和著。愛熱鬧的人都上那兒去。

柏林西南有個波次丹（Potsdam），是佛來德列大帝的城。城外有個無愁園，園裏有個無愁宮，便是大帝常住的地方。大帝迷法國，這座宮，這座園子都仿凡爾賽的樣子。但規模小多了，神兒差遠了。大帝和伏爾泰是好朋友，他請伏爾泰在宮裏住過好些日子，那間屋便在宮西頭。宮西邊有一架大風車。據說大帝不喜歡那風車日夜轉動的聲音，派人跟那產主說要買它。出乎意外，產主楞不肯。大帝惱了，又派人去說，不賣便要拆。產主也惱了，說，他會拆，我會告他。大帝想不到鄉下人這麼倔強，大加賞識，那風車只好由它響了。因此現在便叫它做「歷史的風車」。隔無愁宮沒多少路，有一座新宮，裏面有一間「貝廳」，牆上地上滿嵌著美麗的貝殼和寶石，雖然奇詭，卻以素雅勝。

德瑞司登

德瑞司登（Dresden）在柏林東南，是靜靜的一座都市。歐洲人說這裏有一種禮拜日的味道，因爲他們的禮拜日是安息的日子，靜不過。這裏只有一條熱鬧的大街；在街上走盡可從從容容，斯斯文文的。街盡處便是易北河。河穿全市而過，彎了兩回，所以望不盡。河上有五座橋，彼此隔得遠遠的，顯出玲瓏的樣子。臨河一帶高地，叫做勃呂兒原。站在原上，易北河的風光便都到了眼裏。這是一個陰天，不時地下著小雨；望過去清淡極了，水與天亮閃閃的，山只剩一些輪廓，人家的屋子和田地都黑黑兒的。有人稱這個原爲「歐洲的露臺」，未免太過些，但是確也有些可賞玩的東西。從前有位著名的文人在這兒寫信給他的未婚夫人，說他正從高岸上望下看，河上一處處的綠野與村落好像「繡在一張毯子上」；「河水剛掉轉臉親了德瑞司登一下，馬上又溜開去」。這兒說的是第一個彎子。他還說「繞著的山好像花箍子，響藍的天好像在義大利似的」。在晴天這大約是真的。

德瑞司登有德國佛羅倫司之稱，爲的一些建築和收藏的畫。這些建築多半在勃呂兒原西南一帶。其中堡宮最有意思。堡宮因爲鄰近舊時的堡壘而得名，是十八世紀初年奧古斯都大力王（Augustus the Strong）吩咐他的建築師裴佩莽（Pöppelmann）蓋的。奧古斯都膂力過人，據說能拗斷馬蹄鐵，又在西班牙鬥牛，刺死了一頭最兇猛的；所以稱爲大力王。他是這座都市的恩主；凡是好東西，美東西，都是他留下來的。他造這個堡宮，一來爲面子，那時候一個親王總得有一所講究的宮房，才有威風，不讓人小看。二來爲展覽美術貨色如瓷器，花邊等之用。他想在過年過節的時候，多招徠些外路客人，好讓他的百姓多做些買賣，以繁榮這個地方。他生在「巴羅克」（Baroque）時代，雖然傾心法國文化，所造的房子卻都是德國「巴羅克」式。「巴羅克」式重曲線，重裝飾，以華麗炫目爲佳。堡宮便是代表。宮中央是極大一個方院子。南面是正門，頂作冕形，叫冕門；分兩層，像樓屋；雕刻精細，用許多小柱子。兩邊各有好些拱門，每門裏安一座噴水，上面各放著雕像。現在雖是黯淡了，還可想見當年的繁華。西面有水仙出浴池。十四座龕子擁著一座大噴水，像一隻馬蹄，繞著小小的池子；每座龕子裏站著一個女仙出浴的石像，姿態各不相同。龕外龕上另有繁細的雕飾。這是宮裏最美的地方。

堡宮現在分作幾個博物院，盡北頭是國家畫院。德國藏畫，要算這裏最精了。也創始於奧古斯都，而他的兒子繼承其志。奧古斯都自己花錢派了好多人到歐洲各處搜求有價值的畫。到他死的時候，院中已有好些不朽的名作。他的兒子奧古斯都第二在位三十年，教大臣勃呂兒伯爵主持收買名畫。一七四五年在威尼斯買著百多張義大利重要的作品，爲阿爾卑斯山以北所未曾有。一七五四年又從義大利得著拉飛爾的歇司陀的《聖母圖》。這是他的傑作。圖中間是「聖處女」與「聖嬰」，左右是聖巴巴拉與教皇歇克司都第二，下面是兩個小天使。有人說「這張畫裏『聖處女』的臉，美而秀雅，幾乎是女性美的最完全的表現，真動人，真出色」。最妙的，端莊與和藹都夠味，一個與耶穌教毫不相干的遊客也會起多少敬愛的意思。圖中各人的眼光奇極；從「聖處女」而聖巴巴拉而小天使而教皇，恰好可以夠一個橢圓圈兒。這樣一來，那對稱的安排才有活氣。畫院馳名世界，全靠勃呂兒伯爵手裏買的這些畫。現在院中差不多有畫二千五百件，以義大利及荷蘭的爲最多。畫排列得比那兒都整齊清楚，見出德國人的脾氣。十八世紀義大利畫家卡那來陀在這裏住過，留下不少腐刻畫，畫著堡宮和街巷的景色。還有他的威尼斯風景畫，這兒也多，色調構圖，鮮明精巧，爲別處收藏的所不及。

大街東有聖母堂，也是著名的古蹟。一七三六年十二月奧古斯都第二在這裏舉行過一回管風琴比賽會。與賽的，大音樂家巴赫（Bach）和一個法國人叫馬降的。那時巴赫還未大大出名，馬降心高氣傲，自以爲能手。比賽的前一天，巴赫從來比錫來，看見管風琴好，不覺技癢，就坐下彈了一回。想不到馬降在一旁竊聽。這一聽可夠他受的。等不到第二天，他半夜裏便溜出德瑞司登了。結果巴赫在奧古斯都第二和四千聽眾之前演了齣獨腳戲。一八四三年樂聖瓦格納也在這裏演奏過他的名曲《使徒宴》。哥德也站在這裏的講臺上說過話，他讚美易北河上的景致，就是在他眼前的。這在一八一三年八月。教堂上有一座高塔頂，遠遠的就瞧見。相傳一七六九年弗雷德力大帝攻打此地，想著這高頂上必有敵人的瞭望臺，下令開炮轟。也不知怎樣，轟了三天還沒轟著。大帝又恨又惱，透著滿瞧不起的神兒回頭命令炮手道：「由那老笨傢伙去罷！」

德瑞司登瓷器最著名。大街上有好幾家瓷器鋪。看來看去，只有舞女的裙子做得實在好。裙子都是白色雕空了像紗一樣，各色各樣的摺紋都有，自然不能像真的那樣流動，但也難爲他們了。中國瓷器沒有如此精巧的，但有些東西卻比較著有韻味。

萊茵河

萊茵河（The Rhine）發源於瑞士阿爾卑斯山中，穿過德國東部，流入北海，長約二千五百里。分上中下三部分。從馬恩斯（Mayence，Mains）到哥龍（Cologne）算是「中萊茵」；遊萊茵河的都走這一段兒。天然風景並不異乎尋常地好；古蹟可異乎尋常地多。尤其是馬恩斯與考勃倫茲（Koblenz）之間，兩岸山上佈滿了舊時的堡壘，高高下下的，錯錯落落的，斑斑駁駁的：有些已經殘破，有些還完好無恙。這中間住過英雄，住過盜賊，或據險自豪，或縱橫馳驟，也曾熱鬧過一番。現在卻無精打采，任憑日曬風吹，一聲兒不響。坐在輪船上兩邊看，那些古色古香各種各樣的堡壘歷歷的從眼前過去；彷彿自己已經跳出了這個時代而在那些堡壘裏過著無拘無束的日子。遊這一段兒，火車卻不如輪船：朝日不如殘陽，晴天不如陰天，陰天不如月夜——月夜，再加上幾點兒螢火，一閃一閃的在尋覓荒草裏的幽靈似的。最好還得爬上山去，在堡壘內外徘徊徘徊。

這一帶不但史蹟多，傳說也多。最淒豔的自然是膾炙人口的聲聞岩頭的仙女子。聲聞岩在河東岸，高四百三十英尺，一大片暗淡的懸岩，嶙嶙峋峋的；河到岩南，向東拐個小灣，這裏有頂大的回聲，岩因此得名。相傳往日岩頭有個仙女美極，終日歌唱不絕。一個船夫傍晚行船，走過岩下。聽見她的歌聲，仰頭一看，不覺忘其所以，連船帶人都撞碎在岩上。後來又死了一位伯爵的兒子。這可闖下大禍來了。伯爵派兵遣將，給兒子報仇。他們打算捉住她，鎖起來，從岩頂直摔下河裏去。但是她不願死在他們手裏，她呼喚萊茵母親來接她；河裏果然白浪翻騰，她便跳到浪裏。從此聲聞岩下聽不見歌聲，看不見倩影，只剩晚霞在岩頭明滅。德國大詩人海涅有詩詠此事；此事傳播之廣，這篇詩也有關係的。友人淦克超先生曾譯第一章云：

傳聞舊低徊，我心何悒悒。
兩峰隱夕陽，萊茵流不息。
峰際一美人，粲然金發明，
清歌時一曲，餘音響入雲。
凝聽復凝望，舟子忘所向，
怪石耿中流，人與舟俱喪。

這座岩現在是已穿了隧道通火車了。

哥龍在萊茵河西岸，是萊茵區最大的城，在全德國數第三。從甲板上看教堂的鐘樓與尖塔這兒那兒都是的。雖然多麼繁華一座商業城，卻不大有俗塵撲到臉上。英國詩人柯勒列治說：

人知萊茵河，洗淨哥龍市；

水仙你告我，今有何神力，
洗淨萊茵水？

那些樓與塔鎮壓著塵土，不讓飛揚起來，與萊茵河的洗刷是異曲同工的。哥龍的大教堂是哥龍的榮耀；單憑這個，哥龍便不死了。這是戈昔式，是世界上最宏大的戈昔式教堂之一。建築在一二四八年，到一八八〇年才全部落成。歐洲教堂往往如此，大約總是錢不夠之故。教堂門牆偉麗，尖拱和直稜，特意繁密，又雕了些小花，小動物，和《聖經》人物，零星點綴著；近前細看，其精工真令人驚嘆。門牆上兩尖塔，高五百十五英尺，直入雲霄。戈昔式要的是高而靈巧，讓靈魂容易上通於天。這也是月光裏看好。淡藍的天乾乾淨淨的，只有兩條尖尖的影子映在上面；像是人天僅有的通路，又像是人類祈禱的一雙胳膊。森嚴肅穆，不說一字，抵得千言萬語。教堂裏非常寬大，頂高一百六十英尺。大石柱一行行的，高的一百四十八英尺，低的也六十英尺，都可合抱；在裏面走，就像在大森林裏，和世界隔絕。尖塔可以上去，玲瓏剔透，有淩雲之勢。塔下通迴廊。廊中向下看教堂裏，覺得別人小得可憐，自己高得可怪，真是顛倒夢想。

巴黎

塞納河穿過巴黎城中，像一道圓弧。河南稱爲左岸，著名的拉丁區就在這裏。河北稱爲右岸，地方有左岸兩個大，巴黎的繁華全在這一帶；說巴黎是「花都」，這一溜兒才真是的。右岸不是窮學生苦學生所能常去的，所以有一位中國朋友說他是左岸的人，抱「不過河」主義；區區一衣帶水，卻分開了兩般人。但論到藝術，兩岸可是各有勝場；我們不妨說整個兒巴黎是一座藝術城。從前人說「六朝」賣菜傭都有煙水氣，巴黎人誰身上大概都長著一兩根雅骨吧。你瞧公園裏，大街上，有的是噴水，有的是雕像，博物院處處是，展覽會常常開；他們幾乎像呼吸空氣一樣呼吸著藝術氣，自然而然就雅起來了。

右岸的中心是剛果方場。這方場很寬闊，四通八達，周圍都是名勝。中間巍巍地矗立著埃及拉米塞司第二的紀功碑。碑是方錐形，高七十六英尺，上面刻著象形文字。一八三六年移到這裏，轉眼就是一百年了。左右各有一座銅噴水，大得很。水池邊環列著些銅雕像，代表著法國各大城。其中有一座代表司太司堡。自從一八七〇年那地方割歸德國以後，法國人每年七月十四國慶日總在像上放些花圈和大草葉，終年地擱著讓人驚醒。直到一九一八年十一月和約告成，司太司堡重歸法國，這才停止。紀功碑與噴水每星期六晚用弧光燈照耀。那碑像從幽暗中穎脫而出；那水像山上崩騰下來的雪。這場子原是法國革命時候斷頭臺的舊址。在「恐怖時代」，路易十六與王后，還有各黨各派的人輪班在這兒低頭受戮。但現在一點痕跡也沒有了。

場東是磚廠花園。也有一個噴水池；白石雕像成行，與一叢叢綠樹掩映著。在這裏徘徊，可以一直徘徊下去，四圍那些紛紛的車馬，簡直若有若無。花園是所謂法國式，將花草分成一畦畦的，各各排成精巧的花紋，互相對稱著。又整潔，又玲瓏，教人看著賞心悅目；可是沒有野情，也沒有蓬勃之氣，像北平的叭兒狗。這裏春天遊人最多，擠擠挨挨的。有時有音樂會，在綠樹蔭中。樂韻悠揚，隨風飄到場中每一個人的耳朵裏。再東是加羅塞方場，只隔著一道不寬的馬路。路易十四時代，這是一個校場。場中有一座小凱旋門，是拿破崙造來紀勝的，仿羅馬某一座門的式樣。拿破崙叫將從威尼斯聖馬克堂搶來的駟馬銅像安在門頂上。但到了一八一四年，那銅像終於回了老家。法國只好換上一個新的，光彩自然差得多。

剛果方場西是大名鼎鼎的仙街，直達凱旋門。有四里半長。凱旋門地勢高，從剛果方場望過去像沒多遠似的，一走可就知道。街的東半截兒，兩旁簡直是園子，春天綠葉子密密地遮著；西半截兒才真是街。街道非常寬敞。夾道兩行樹，筆直筆直地向凱旋門奔湊上去。凱旋門巍峨爽朗地盤踞在街盡頭，好像在半天上。歐洲名都街道的形勢，怕再沒有趕上這兒的；稱爲「仙街」，不算說大話。街上有戲院，舞場，飯店，夠遊客們玩兒樂的。凱旋門一八零六年開工，也是拿破崙造來紀功的。但他並沒有看它的完成。門高一百六十英尺，寬一百六十四英尺，進身七十二英尺，是世界凱旋門中最大的。門上雕刻著一七九二至一八一五年間法國戰事片段的景子，都出於名手。其中羅特

（Burgudian Rude，十九世紀）的「出師」一景，慷慨激昂，至今還可以作我們的氣。這座門更有一個特別的地方：在拿破崙周忌那一天，從仙街向上看，團團的落日恰好扣在門圈兒裏。門圈兒底下是一個無名兵士的墓；他埋在這裏，代表大戰中死難的一百五十萬法國兵。墓是平的，地上嵌著文字；中央有個紀念火，焰子粗粗的，紅紅的，在風裏搖晃著。這個火每天由參戰軍人團團員來點。門頂可以上去，乘電梯或爬石梯都成；石梯是二百七十三級。上面看，周圍不下十二條林蔭路，都輻輳到門下，宛然一個大車輪子。

剛果方場東北有四道大街銜接著，是巴黎最繁華的地方。大鋪子差不多都在這一帶，珠寶市也在這兒。各店家陳列窗裏五花八門，五光十色，珍奇精巧，兼而有之；管保你走一天兩天看不完，也看不倦。步道上人挨挨湊湊，常要躲閃著過去。電燈一亮，更不容易走。街上「咖啡」東一處西一處的，沿街安著座兒，有點兒像北平中山公園裏的茶座兒。客人慢慢地喝著咖啡或別的，慢慢地抽煙，看來往的人。「咖啡」本是法國的玩意兒；巴黎差不多每道街都有，怕是比那兒都多。巴黎人喝咖啡幾乎成了癖，就像我國南方人愛上茶館。「咖啡」裏往往備有紙筆，許多人都在那兒寫信；還有人讓「咖啡」收信，簡直當做自己的家。文人畫家更愛坐「咖啡」；他們愛的是無拘無束，容易會朋友，高談闊論。愛寫信固然可以寫信，愛做詩也可以做詩。大詩人魏爾倫（Verlane）的詩，據說少有不在「咖啡」裏寫的。

坐「咖啡」也有派別。一來「咖啡」是熟的好，二來人是熟的好。久而久之，某派人坐某「咖啡」便成了自然之勢。這所謂派，當然指文人藝術家而言。一個人獨自去坐「咖啡」，偶爾一回，也許不是沒有意思，常去卻未免寂寞得慌；這也與我國南方人上茶館一樣。若是外國人而又不懂話，那就更可不必去。巴黎最大的「咖啡」有三個，卻都在左岸。這三座「咖啡」名字裏都含著「圓圓的」意思，都是文人藝術家薈萃的地方。裏面裝飾滿是新派。其中一家，電燈壁畫滿是立體派，據說這些畫全出於名家之手。另一家據說時常陳列著當代畫家的作品，待善價而沽之。坐「咖啡」之外還有站「咖啡」，卻有點像我國南方的喝櫃檯酒。這種「咖啡」大概小些。櫃檯長長的，客人圍著要吃的喝的。吃喝都便宜些，爲的是不用多伺候你，你吃喝也比較不舒服些。站「咖啡」的人臉向裏，沒有甚麼看的，大概吃喝完了就走。但也有人用胳膊肘兒斜靠在櫃檯上，半邊身子偏向外，寫意地眺望，談天兒。巴黎人吃早點，多半在「咖啡」裏。普通是一杯咖啡，兩三個月芽餅就夠了，不像英國人吃得那麼多。月芽餅是一種麵包，月芽形，酥而軟，趁熱吃最香；法國人本會烘麵包，這一種不但好吃，而且好看。

盧森堡花園也在左岸，因盧森堡宮而得名。宮建於十七世紀初年，曾用作監獄，現在是上議院。花園甚大。裏面有兩座大噴水，背對背緊挨著。其一是梅迭契噴水，雕刻的是亞西司（Acis）與加拉臺亞（Galatea）的故事。巨人波力非摩司（Polyphamos）愛加拉臺亞。他曉得她喜歡亞西司，便向他頭上扔下一塊大石頭，將他打死。加拉臺亞無法使亞西司復活，只將他變成一道河水。這個故事用在一座噴水上，倒有些遠意。園中綠樹成行，濃蔭滿地，白石雕像極多，也有銅的。巴黎的雕像真如家常便飯。花園南頭，自成一局，是一條蔭道。最南頭，天文臺前面又是一座噴水，中央四個力士高高地扛著四限儀，下邊環繞著四對奔馬，氣象雄偉得很。這是卡波（Carpeaus，十九世紀）所作。卡波與羅特同為寫實派，所作以形線柔美著。

沿著塞納河南的河牆，一帶舊書攤兒，六七里長，也是左岸特有的風光。有點像北平東安市場裏舊書攤兒。可是背景太好了。河水終日悠悠地流著，兩頭一眼望不盡；左邊盧佛宮，右邊聖母堂，古香古色的。書攤兒黯黯的，低低的，窄窄的一溜；一小格兒一小格兒，或連或斷，可沒有東安市場裏的大。攤上放著些破書；旁邊小凳子上坐著掌櫃的。到時候將攤兒蓋上，鎖上小鐵鎖就走。這些情形也活像東安市場。

鐵塔在巴黎西頭，塞納河東岸，高約一千英尺，算是世界上最高的塔。工程艱難浩大，建築師名愛非爾（Eiffel），也稱為愛非爾塔。全塔用鐵骨造成，如網狀，空處多於實處，輕便靈巧，亭亭直上，頗有戈昔式的餘風。塔基占地十七畝，分三層。頭層離地一百八十六英尺，二層三百七十七英尺，三層九百二十四英尺，連頂九百八十四英尺。頭二層有「咖啡」，酒館及小攤兒等。電梯步梯都有，電梯分上下兩廂，一廂載直上直下的客人，一廂載在頭層停留的客人。最上層卻非用電梯不可。那梯口常常擁擠不堪。壁上貼著「小心扒手」的標語，收票人等嘴裏還不住地唱道，「小心呀！」這一段兒走得可慢極，大約也是「小心」吧。最上層只有賣紀念品的攤兒和一些問心機。這種問心機歐洲各遊戲場中常見；是些小鐵箱，一箱管一事。放一個錢進去，便可得到回答；回答若干條是印好的，指針所停止的地方就是專答你。也有用電話回答的。譬如你要問流年，便向流年箱內投進錢去。這實在是一種開心的玩意兒。這層還專設一信箱；寄的信上蓋鐵塔形郵戳，好讓親友們留作紀念。塔上最宜遠望，全巴黎都在眼下。但盡是密匝匝的房子，只覺應接不暇而無蒼茫之感。塔上滿綴著電燈，晚上便是種種廣告；在暗夜裏這種明妝倒値得一番領略。隔河是特羅卡代羅（Trocadéro）大廈，有道橋筆直地通著。這所大廈是爲一八七八年的博覽會造的。中央圓形，圓窗圓頂，兩支高高的尖塔分列頂側；左右翼是新月形的長房。下面許多級臺階，階下一個大噴水池，也是圓的。大廈前是公園，鐵塔下也是的；一片空闊，一片綠。所以大廈遠看近看都顯出雄巍巍的。大廈的正廳可容五千人。它的大在橫裏，鐵塔的大在直裏。一橫一直，恰好稱得住。

歌劇院在右岸的鬧市中。門牆是威尼斯式，已經烏暗暗的，走近前細看，才見出上面精美的雕飾。下層一排七座門，門間都安著些小雕像。其中羅特的《舞群》，最有血有肉，有情有力。羅特是寫實派作家，所以如此。但因爲太生動了，當時有些人還見不慣；一八六九年這些雕像揭幕的時候，一個宗教狂的人，趁夜裏悄悄地向這群像上倒了一瓶墨水。這件事傳開了，然而羅特卻因此成了一派。院裏的樓梯以宏麗著名。全用大理石，又白，又滑，又寬；欄杆是低低兒的。加上羅馬式圓拱門，一對對愛翁匿克式石柱，雕像上的電燈燭，真是堆花簇錦一般。那一片電燈光像海，又像月，照著你緩緩走上梯去。幕間休息的時候，大家都離開座兒各處走。這兒休息的時間特別長，法國人樂意趁這閒工夫在劇院裏散散步，談談話，來一點吃的喝的。休息室裏散步的人最多。這是一間頂長頂高的大廳，華麗的燈光淡淡地佈滿了一屋子。一邊是成排的落地長窗，一邊是幾座高大的門；牆上略略有些裝飾，地下鋪著毯子。屋裏空落落的，客人穿梭般來往。太太小姐們大多穿著各色各樣的晚服，露著脖子和膀子。「衣香鬢影」，這裏才真夠味兒。歌劇院是國家的，只演古典的歌劇，間或也演隊舞（Ballet），總是堂皇富麗的玩藝兒。

國葬院在左岸。原是巴黎護城神聖也奈韋夫（St.Geneviéve）的教堂；大革命後，一般思想崇拜神聖不如崇拜偉人了，於是改爲這個；後來又改回去兩次，一八五五年才算定了。伏爾泰，盧梭，雨果，左拉，都葬在這裏。院中很爲寬宏，高大的圓拱門，架著些圓頂，都是羅馬式。頂上都有裝飾的圖案和畫。中央的穹隆頂高二百七十二英尺，可以上去。院中壁上畫著法國與巴黎的歷史故事，名筆頗多。沙畹（Puvisde Chavannes，十九世紀）的便不少。其中《聖也奈韋夫俯視著巴黎城》一幅，正是月圓人靜的深夜，聖還獨對著油盞火；她似乎有些倦了，慢慢踱出來，憑欄遠望，全巴黎城在她保護之下安睡了；瞧她那慈祥和藹一往情深的樣子。聖也奈韋夫於五世紀初年，生在離巴黎二十四里的囊臺兒村（Nanterre）裏。幼時聽聖也曼講道，深爲感悟。聖也曼也說她根器好，著實勉勵了一番。後來她到巴黎，盡力於救濟事業。五世紀中葉，匈奴將來侵巴黎，全城震驚。她力勸人民鎮靜，依賴神明，頗能教人相信。匈奴到底也沒有成。以後巴黎真經兵亂，她於救濟事業加倍努力。她活了九十歲。晚年倡議在巴黎給聖彼得與聖保羅修一座教堂。動工的第二年，她就死了。等教堂落成，卻發見她已葬在裏頭；此外還有許多奇異的傳說。因此這座教堂只好作爲奉祀她的了。

這座教堂便是現在的國葬院。院的門牆是希臘式，三角楣下，一排哥林斯式的石柱。院旁有聖愛的昂堂，不大。現在是聖也奈韋夫埋灰之所。祭壇前的石刻花屏極華美，是十六世紀的東西。左岸還有傷兵養老院。其中兵甲館，收藏廢棄的武器及戰利品。有一間滿懸著三色旗，屋頂上正懸著，兩壁上斜插著，一面挨一面的。屋子很長，一進去但覺千層百層鮮明的彩色，靜靜地交映著。院有穹隆頂，高三百四十英尺，直徑八十六英尺，造於十七世紀中，優美莊嚴，勝於國葬院的。頂下原是一個教堂，拿破崙墓就在這裏。堂外有寬大的臺階兒，有多力克式與哥林斯式石柱。進門最叫你舒服的是那屋裏的光。那是從染色玻璃窗射下來的淡淡的金光，軟得像一股水。堂中央一個窖，圓的，深二十英尺，直徑三十六英尺，花崗石柩居中，十二座雕像環繞著，代表拿破崙重要的戰功；像間分六列插著五十四面旗子，是他的戰利品。堂正面是祭壇；周圍許多龕堂，埋著王公貴人。一律圓拱門；地上嵌花紋，窖中也這樣。拿破崙死在聖海倫島，遺囑願望將骨灰安頓在塞納河旁，他所深愛的法國人民中間。待他死後十九年，一八四零，這願望才達到了。

塞納河裏有兩個小洲，小到不容易覺出。西頭的叫城洲，洲上兩所教堂是巴黎的名蹟。洲東的聖母堂更為煊赫。堂成於十二世紀，中間經過許多變遷，到十九世紀中葉重修，才有現在的樣子。這是「裝飾的戈昔式」建築的最好的代表。正面朝西，分三層。下層三座尖拱門。這種門很深，門圈兒是一稜套著一稜的，越望裏越小；稜間及門上雕著許多大像小像，都是《聖經》中的人物。中層是窗子，兩邊的尖拱形，分雕著亞當夏娃像；中央的渾圓形，雕著「聖處女」像。上層是欄杆。

最上兩座鐘樓，各高二百二十七英尺；兩樓間露出後面尖塔的尖兒，一個伶俐瘦勁的身影。這座塔是勒丟克（Viellet Le Duc，十九世紀）所造，比鐘樓還高五十八英尺；但從正面看，像一般高似的，這正是建築師的妙用。朝南還有一個旁門，雕飾也繁密得很。從背後看，左右兩排支牆（Buttress）像一對對的翅膀，作飛起的勢子。支牆上雖也有些裝飾，卻不爲裝飾而有。原來戈昔式的房子高，窗子大，牆的力量支不住那些石頭的拱頂，因此非從牆外想法不可。支牆便是這樣來的。這是戈昔式的致命傷；許多戈昔式建築容易圮毀，正是爲此。堂裏滿是彩繪的高玻璃窗子，陰森森的，只看見石柱子，尖拱門，肋骨似的屋頂。中間神堂，兩邊四排廊路，周圍三十七間龕堂，像另自成個世界。堂中的講壇與管風琴都是名手所作。歌隊座與牧師座上的動植物木刻，也以精工著。

戈昔式教堂裏雕繪最繁；其中取材於教堂所在地的花果的尤多。所雕繪的大抵以近真爲主。這種一半爲裝飾，一半也爲教導，讓那些不識字的人多知道些事物，作用和百科全書差不多。堂中有寶庫，收藏歷來珍貴的東西，如金龕，金十字架之類，燦爛耀眼。拿破崙於一八零四年在這兒加冕，那時穿的長袍也陳列在這個庫裏。北鐘樓許人上去，可以看見牆角上石刻的妖獸，奇醜怕人，俯視著下方，據說是吐溜水的。雨果寫過《巴黎聖母堂》一部小說，所敘是四百年前的情形，有些還和現在一樣。

聖龕堂在洲西頭，是全巴黎戈昔式建築中之最美麗者。羅斯金更說是「北歐洲最珍貴的一所戈昔式」。在一二三八那一年，「聖路易」王聽說君士坦丁皇帝包爾溫將「棘冠」押給威尼斯商人，無力取贖，「棘冠」已歸商人們所有，急得什麼似的。他要將這件無價之寶收回，便異想天開地在猶太人身上加了一種「苛捐雜稅」。過了一年，「棘冠」果然弄回來，還得了些別的小寶貝，如「真十字架」的片段等等。他這一樂非同小可，命令某建築師造一所教堂供奉這些寶物；要造得好，配得上。一二四五年起手，三年落成。名建築家勒丟克說，「這所教堂內容如此複雜，花樣如此繁多，活兒如此俐落，材料如此美麗，真想不出在那樣短的時期裏如何成功的。」這樣兩個龕堂，一上一下，都是金碧輝煌的。下堂尖拱重疊，縱橫交互；中央拱抵而闊，所以地方並不大而極有開朗之勢。堂中原供的「聖處女」像，傳說靈跡甚多。上堂卻高多了，有彩繪的玻璃窗子十五堵；窗下沿牆有龕，低得可憐相。柱上相間地安著十二使徒像；有兩尊很古老，別的都是近世仿作。玻璃繪畫似乎與戈昔藝術分不開；十三世紀後者最盛，前者也最盛。畫法用許多顏色玻璃拼合而成，相連處以鉛焊之，再用鐵條夾住。著色有濃淡之別。淡色所以使日光柔和縹緲。但濃色的多，大概用深藍作地子，加上點兒黃白與寶石紅，取其襯托鮮明。這種窗子也兼有裝飾與教導的好處；所畫或為幾何圖案，或為人物故事。還有一堵「玫瑰窗」，是象徵「聖處女」的；畫是圓形，花紋都從中心分出。據說這堵窗是玫瑰窗中最親切有味的，因為它的溫暖的顏色比別的更接近看的人。但這種感想東方人不會有。這龕堂有一座金色的尖塔，是勒丟克造的。

毛得林堂在剛果方場之東北，造於近代。形式仿希臘神廟，四面五十二根哥林斯式石柱，圍成一個廊子。壁上左右各有一排大龕子，安著群聖的像。堂裏也是一行行同式的石柱；卻使用各種顏色的大理石，華麗悅目。聖心院在巴黎市外東北方，也是近代造的，至今還未完成，堂在一座小山的頂上，山腳下有兩道飛階直通上去。也通索子鐵路。堂的規模極宏偉，有四個穹隆頂，一個大的，帶三個小的，都是卑贊廷式；另外一座方形高鐘樓，裏面的鐘重二萬九千斤。堂裏能容八千人，但還沒有加以裝飾。房子是白色，臺階也是的，一種單純的力量壓得住人。堂高而大，巴黎周圍若干里外便可看見。站在堂前的平場裏，或爬上穹隆頂裏，也可看個五六十里。造堂時工程浩大，單是打地基一項，就花掉約四百萬元；因為土太鬆了，撐不住，根基要一直打到山腳下。所以有人半真半假地說，就是移了山，這教堂也不會倒的。

巴黎博物院之多，真可算甲於世界。就這一樁兒，便可教你流連忘返。但須徘徊玩索才有味，走馬看花是不成的。一個行色匆匆的遊客，在這種地方往往無可奈何。博物院以盧佛宮（Louvre）為最大；這是就全世界論，不單就巴黎論。盧佛宮在加羅塞方場之東；主要的建築是口字形，南頭向西伸出一長條兒。這裏本是一座堡壘，後來改為王宮。大革命後，各處王宮裏的畫，宮苑裏的雕刻，都保存在此；改為故宮博物院，自然是很順當的。博物院成立後，歷來的政府都盡力搜羅好東西放進去；拿破崙從各國「搬」來大宗的畫，更為博物院生色不少。宮房占地極寬，站在那方院子裏，頗有海闊天空的意味。院子裏養著些鴿子，成群地孤單地仰著頭挺著胸在地上一步步地走，一點不怕人。撒些餅乾麵包之類，牠們便都向你身邊來。房子造得秀雅而莊嚴，壁上安著許多王公的雕像。熟悉法國歷史的人，到此一定會發思古之幽情的。

盧佛宮好像一座寶山，蘊藏的東西實在太多，教人不知從那兒說起好。畫為最，還有雕刻，古物，裝飾美術等等，真是琳琅滿目。乍進去的人一時摸不著頭腦，往往弄得糊裏糊塗。就中最膾炙人口的有三件。一是達文齊的《蒙那麗沙》像，大約作於一五零五年前後，是覺孔達（Joconda）夫人的畫像。相傳達文齊這幅像畫了四個年頭，因為要那甜美的微笑的樣子，每回「臨像」的時候，總請些樂人彈唱給她聽，讓她高高興興坐著。像畫好了，他卻愛上她了。這幅畫是佛蘭西司第一手裏買的，他沒有準兒許認識那女人。一九一一年畫曾被人偷走，但兩年之後，到底從義大利找回來了。十六世紀中葉，義大利已公認此畫為不可有二的畫像傑作，作者在與造化爭巧。畫的奇處就在那一絲兒微笑上。那微笑太飄忽了，太難捉摸了，好像常常在變幻。這果然是個「奇蹟」，不過也只是造形的「奇蹟」罷了。這兒也有些理想在內；達文齊筆下夾帶了一些他心目中的聖母的神氣。近世討論那微笑的可太多了。詩人，哲學家，有的是；他們都想找出點兒意義來。於是蒙那麗沙成為一個神秘的浪漫的人了；她那微笑成為「人獅（Sphinx）的凝視」或「鄙薄的諷笑」了。這大概是她與達文齊都夢想不到的吧。

二是米羅（Milo）《愛神》像。一八二零年米羅島一個農人發見這座像，賣給法國政府只賣了五千塊錢。據近代考古家研究，這座像當作於紀元前一百年左右。那兩隻胳膊都沒有了；它們是怎麼個安法，卻大大費了一班考古家的心思。這座像不但有生動的形態，而且有溫暖的骨肉。她又強壯，又清明；單純而偉大，樸真而不奇。所謂清明，是身心都健的表象，與麻木不同。這種作風頗與紀元前五世紀希臘巴昔農（Panthenon）廟的監造人，雕刻家費鐵亞司（Phidias）相近。因此法國學者雷那西（S.Reinach，新近去世）在他的名著《亞波羅》（美術史）中相信這座像作於紀元前四世紀中。他並且相信這座像不是愛神微那司，而是海女神安非特利特（Amphitrite）；因為它沒有細膩，縹緲，嬌羞，多情的樣子。

三是沙摩司雷司（Samothrace）的《勝利女神像》。女神站在沖波而進的船頭上，吹著一支喇叭。但是現在頭和手都沒有了，剩下翅膀與身子。這座像是還願的。紀元前三〇六年波立爾塞特司（Demetrius Poliorcetes）在塞勃勒司（Cyprus）島打敗了埃及大將陶來買（Ptolemy）的水師，便在沙摩司雷司島造了這座像。衣裳雕得最好；那是一件薄薄的軟軟的衣裳，光影的準確，衣褶的精細流動；加上那下半截兒被風吹得好像弗弗有聲，上半截兒卻緊緊地貼著身子，很有趣地對照著。因為衣裳雕得好，才顯出那筋肉的力量；那身子在搖晃著，在挺進著，一團勝利的喜悅的勁兒。還有，海風呼呼地吹著，船尖兒嗤嗤地響著，將一片碧波分成兩條長長的白道兒。

盧森堡博物院專藏近代藝術家的作品。他們或新故，或還生存。這裏比盧佛宮明亮得多。進門去，寬大的甬道兩旁，滿陳列著雕像等；裏面卻多是畫。雕刻裏有彭彭（Pompon）的《狗熊》與《水禽》等，真是大巧若拙。彭彭現在大概有七八十歲了，天天上動物園去靜觀禽獸的形態。他熟悉牠們，也親愛牠們，所以做出來的東西神氣活現；可是形體並不像照相一樣地真切，他在天然的曲線裡加上些小小的稜角，便帶著點「建築」的味兒。於是我們才看見新東西。那《狗熊》和實物差不多大，是石頭的；那《水禽》等卻小得可以供在案頭，是銅的。雕像本有兩種手法，一是乾脆地砍石頭，二是先用泥塑，再澆銅。彭彭從小是石匠，石頭到他手裏就像豆腐。他是巧匠而兼藝術家。動物雕像盛於十九世紀的法國；那時候動物園發達起來，供給藝術家觀察，研究，描摹的機會。動物素描之成爲畫的一支，也從這時候起。院裏的畫受後期印象派的影響，找尋人物的「本色」（local colour），大抵是鮮明的調子。不注重畫面的「體積」而注重裝飾的效用。也有細心分別光影的，但用意還在找尋顏色，與印象派之只重光影不一樣。

磚場花園的南犄角上有網球場博物院，陳列外國近代的畫與雕像。北犄角上有奧蘭紀利博物院，陳列的東西頗雜，有馬奈（Manet，九世紀法國印象派畫家）的畫與日本的浮世繪等。浮世繪的著色與構圖給十九世紀後半法國畫家極深的影響。摩奈（Monet）畫院也在這裏。他也是法國印象派鉅子，一九二六年才過去。印象派興於十九世紀中葉，正是照相機流行的時候。這派畫家想趕上照相機，便專心致志地分別光影；他們還想趕過照相機，照相沒有顏色而他們有。他們只用原色；所畫的畫近看但見一處處的顏色塊兒，在相當的距離看，才看出光影分明的全境界。他們的看法是迅速的綜合的，所以不重「本色」（人物固有的顏色，隨光影而變化），不重細節。摩奈以風景畫著於世；他不但是印象派，並且是露天畫派（Pleinairiste）。露天畫派反對畫室裏的畫，因爲都帶著那黑影子；露天裏就沒有這種影子。這個畫院裏有摩奈八幅頂大的畫，太大了，只好嵌在牆上。畫院只有兩間屋子，每幅畫就是一堵牆，畫的是荷花在水裏。摩奈歡喜用藍色，這幾幅畫也是如此。規模大，氣魄厚，汪汪欲溢的池水，疏疏密密的亂荷，有些像在樹蔭下，有些像在太陽裏。據內行說，這些畫的章法，簡直前無古人。

羅丹博物院在左岸。大戰後羅丹的東西才收集在這裏；已完成的不少，也有些未完成的。有群像，單像，胸像；有石膏仿本。還有畫稿，塑稿。還有羅丹的遺物。羅丹是十九世紀雕刻大師；或稱他爲自然派，或稱他爲浪漫派。他有匠人的手藝，詩人的胸襟；他借雕刻來表現自己的情感。取材是不平常的，手法也是不平常的。常人以爲美的，他覺得已無用武之地；他專找常人以爲醜的，甚至於借重性交的姿勢。又因爲求表現的充分，不得不誇飾與變形。所以他的東西乍一看覺得「怪」，不是玩藝兒。從前的雕刻講究光潔，正是「裁縫不露針線跡」的道理；而浪漫派藝術家恰相反，故意要顯出筆觸或刀痕，讓人看見他們在工作中情感激動的光景。羅丹也常如此。他們又多喜歡用塑法，因爲泥隨意些，那凸凸凹凹的地方，那大塊兒小條兒，都可以看得清楚。

克呂尼館（Cluny）收藏羅馬與中世紀的遺物頗多，也在左岸。羅馬時代執政的宮在這兒。後來法蘭族諸王也住在這宮裏。十五世紀的時候，宮毀了，克呂尼寺僧改建現在這所房子，作他們的下院，是「後期戈昔」與「文藝復興」的混合式。法國王族來到巴黎，在館裏暫住過的，也很有些人。這所房子後來又歸了一個考古家。他搜集了好些古董；死後由政府收買，並添湊成一萬件。畫，雕刻，木刻，金銀器，織物，中世紀上等傢俱，瓷器，玻璃器，應有盡有。房子還保存著原來的樣子。入門就如活在幾百年前的世界裏，再加上陳列的零碎的東西，觸鼻子滿是古氣。與這個館毗連著的是羅馬時代的浴室，原分冷浴熱浴等，現在只看見些殘門斷柱（也有原在巴黎別處的），寂寞地安排著。浴室外是園子，樹間草上也散佈著古代及中世紀巴黎建築的一鱗一爪，其中「聖處女門」最秀雅。

此外巴黎美術院（即小宮），裝飾美術院都是雜拌兒。後者中有一間扇室，所藏都是十八世紀的扇面，是某太太的遺贈。十八世紀中國玩藝兒在歐洲頗風行，這也可見一斑。扇面滿是西洋畫，精工鮮麗；幾百張中，只有一張中國人物，卻板滯無生氣。又有吉買博物院（Guimet），收藏遠東宗教及美術的資料。伯希和取去敦煌的佛畫，多數在這裏。日本小畫也有些。還有蠟人館。據說那些蠟人做得真像，可是沒見過那些人或他們的照相的，就感不到多大興味，所以不如畫與雕像。不過「隧道」裏陰慘慘的，人物也代表著些陰慘慘的故事，卻還可看。樓上有鏡宮，滿是鏡子，頂上與周圍用各色電光照耀，宛然千門萬戶，像到了萬花筒裏。

一九三二年春季的官「沙龍」在大宮中，頂大的院子裏羅列著雕像；樓上下八十幾間屋子滿是畫，也有些裝飾美術。內行說，畫像太多，真有「官」氣。其中有安南阮某一幅，獎銀牌；中國人一看就明白那是阮氏祖宗的影像。記得有個笑話，說一個賊混入人家廳堂偷了一幅古畫，捲起夾在腋下。跨出大門，恰好碰見主人。那賊情急智生，便將畫卷兒一揚，問道，「影像，要買吧？」

主人自然大怒，罵了一聲走進去。賊於是從容溜之乎也。那位安南阮某與此賊可謂異曲同工。大宮裏，同時還有一個裝飾藝術的「沙龍」，陳列的是傢俱，燈，織物，建築模型等等，大都是立體派的作風。立體派本是現代藝術的一派，義大利最盛。影響大極了，建築，傢俱，布匹，織物，器皿，汽車，公路，廣告，書籍裝訂，都有立體派的份兒。平靜，乾脆，是古典的精神，也是這時代重理智的表現。在這個「沙龍」裏看，現代的屋子內外都儼然是些幾何的圖案，和從前華麗的藻飾全異。還有一個「沙龍」，專陳列幽默畫。畫下多有說明。各畫或描摹世態，或用大小文野等對照法，以傳出那幽默的情味。有一幅題為《長褂子》，畫的是夜宴前後客室中的景子：女客全穿短褂子，只有一人穿長的，大家的眼睛都盯著她那長出來的一截兒。她正在和一個男客談話，似乎不留意。看她的或偏著身子，或偏著頭，或操著手，或用手托著腮（表示驚訝），倚在丈夫的肩上，或打著看戲用的放大鏡子，都是一副尷尬面孔。穿長褂子的女客在左首，左首共三個人；中央一對夫婦，右首三個女人，疏密向背都恰好；還點綴著些不在這一群裏的客人。畫也有不幽默的，也有太惡劣的；本來是幽默並不容易。

巴黎的墳場，東頭以倍雷拉謝斯（Pére Lachaise）為最大，占地七百二十畝，有二里多長。中間名人的墳頗多，可是道路縱橫，找起來真費勁兒。阿培拉德與哀綠綺思兩墳並列，上有亭子蓋著；這是重修過的。王爾德的墳本葬在別處；死後九年，也遷到此場。墳上雕著個大飛人，昂著頭，直著腳，長翅膀，像是合埃及的「獅人」與亞述的翅兒牛而為一，雄偉飛動，與王爾德並不很稱。這是英國當代大雕刻家愛勃司坦（Epstein）的巨作；錢是一位傾慕王爾德的無名太太捐的。場中有巴什羅米（Bartholpmé）雕的一座紀念碑，題爲《致死者》。碑分上下兩層，上層中間是死門，進去的兩個人倒也行無所事；兩側向門走的人群卻牽牽拉拉，哭哭啼啼，跌跌倒倒，不得開交似的。下層像是生者的哀傷。此外北頭的蒙馬特，南頭的蒙巴那斯兩墳場也算大。茶花女埋在蒙馬特場，題曰一八二四年正月十五日生，一八四七年二月三日卒。小仲馬，海涅也在那兒。蒙巴那斯場有聖白孚，莫泊桑，鮑特賴爾等；鮑特賴爾的墳與紀念碑不在一處，碑上坐著一個悲傷的女人的石像。

巴黎的夜也是老牌子。單說六個地方。非洲飯店帶澡堂子，可以洗蒸氣澡，聽黑人濃烈的音樂；店員都穿著埃及式的衣服。三藩咖啡看「爵士舞」，小小的場子上一對對男女跟著那繁聲促節直扭腰兒。最警動的是那小圓木筒兒，裏面像裝著豆子之類，不時地緊搖一陣子。圓屋聽唱法國的古歌；一扇門背後的牆上油畫著蹲著在小便的女人。紅磨坊門前一架小紅風車，用電燈做了輪廓線；裏面看小戲與女人跳舞。這在蒙巴特區。蒙馬特是流浪人的區域。十九世紀畫家住在這一帶的不少，畫紅磨坊的常有。塔巴林看女人跳舞，不穿衣服，意在顯出好看的身子。里多在仙街，最大。看變戲法，聽威尼斯夜曲。里多島本是威尼斯娛樂的地方。這兒的里多特意砌了一個池子，也有一支「剛朵拉」，夜曲是男女對唱，不過意味到底有點兒兩樣。

巴黎的野色在波隆尼林與聖克羅園裏才可看見。波隆尼林在西北角，恰好在塞因河河套中間，占地一萬四千多畝，有公園，大路，小路，有兩個湖，一大一小，都是長的；大湖裏有兩個洲，也是長的。要領略林子的好處，得閒閒地揀深僻的地兒走。聖克羅園還在西南，本有離宮，現在毀了，剩下些噴水和林子。林子裏有兩條道兒很好。一條漸漸高上去，從樹裏兩眼望不盡；一條窄而長，漏下一線天光；遠望路口，不知是雲是水，茫茫一大片。但真有野味的還得數楓丹白露的林子。楓丹白露在巴黎東南，一點半鐘的火車。這座林子有二十七萬畝，周圍一百九十里。坐著小馬車在裏面走，幽靜如遠古的時代。太陽光將樹葉子照得透明，卻只一圈兒一點兒地灑到地上。路兩旁的樹有時候太茂盛了，枝葉交錯成一座拱門，低低的；遠看去好像拱門那面另有一界。林子裏下大雨，那一片沙沙沙沙的聲音，像潮水，會把你心上的東西沖洗個乾淨。林中有好幾處山峽，可以試腰腳，看野花野草，看旁逸斜出，稀奇古怪的石頭，像枯骨，像刺蝟。亞勃雷孟峽就是其一，地方大，石頭多，又是忽高忽低，走起來好。

楓丹白露宮建於十六世紀，後經重修。拿破崙一八一四年臨去愛而巴島的時候，在此告別他的諸將。這座宮與法國歷史關係甚多。宮房外觀不美，裏面卻精緻，傢俱等等也考究。就中侍從武官室與亨利第二廳最好看。前者的地板用嵌花的條子板；小小的一間屋，共用九百條之多。復壁板上也雕繪著繁細的花飾，爐壁上也滿是花兒，掛燈也像花正開著。後者是一間長廳，其大少有。地板用了二萬六千塊，一色，嵌成規規矩矩的幾何圖案，光可照人。廳中間兩行圓拱門。門柱下截鑲復壁板，上截鑲油畫；楣上也畫得滿滿的。天花板極意雕飾，金光耀眼。宮外有園子，池子，但趕不上凡爾賽宮的。

凡爾賽宮在巴黎西南，算是近郊。原是路易十三的獵宮，路易十四覺得這個地方好，便大加修飾。路易十四是所謂「上帝的代表」，凡爾賽宮便是他的廟宇。那時法國貴人多一半住在宮裏，伺候王上。他的侍從共一萬四千人；五百人伺候他吃飯，一百個貴人伺候他起床，更多的貴人伺候他睡覺。那時法國藝術大盛，一切都成爲御用的，集中在凡爾賽和巴黎兩處。凡爾賽宮裏裝飾力求富麗奇巧，用錢無數。如金漆彩畫的天花板，木刻，華美的家具，花飾，貝殼與多用錯綜交會的曲線紋等，用意全在教來客驚奇：這便是所謂「羅科科式」（Rococo）。宮中有鏡廳，十七個大窗戶，正對著十七面同樣大小的鏡子；廳長二百四十英尺，寬三十英尺，高四十二英尺。拱頂上和牆上畫著路易十四打勝德國，荷蘭，西班牙的情形，畫著他是諸國的領袖，畫著他是藝術與科學的廣大教主。近十幾年來成爲世界禍根的那和約便是一九一九年六月二十八那一天在這座廳裏簽的字。宮旁一座大園子，也是路易十四手裏佈置起來的。看不到頭的兩行樹，有萬千的氣象。有湖，有花園，有噴水。花園一畦一個花樣，小松樹一律修剪成圓錐形，集法國式花園之大成。噴水大約有四十多處，或銅雕，或石雕，處處都別出心裁，也是集大成。每年五月到九月，每月第一星期日，和別的節日，都有大水法。從下午四點起，到處銀花飛舞，霧氣沾人，襯著那齊斬斬的樹，軟茸茸的草，覺得立著看，走著看，不拘怎麼看總成。海龍王噴水池，規模特別大；得等五點半鐘大水法停後，讓它單獨來二十分鐘。有時晚上大放花炮，就在這裏。各色的電彩照耀著一道道噴水。花炮在噴水之間放上去，也是一道道的；同時放許多，便氤氳起一團霧。這時候電光換彩，紅的忽然變藍的，藍的忽然變白的，真真是一眨眼。

盧梭園在愛爾莽濃鎮（Ermenonville），巴黎的東北；要坐一點鐘火車，走兩點鐘的路。這是道地鄉下，來的人不多。園子空曠得很，有種荒味。大樹，怒草，小湖，清風，和中國的郊野差不多，真自然得不可言。湖裏有個白楊洲，種著一排白楊樹，盧梭墳就在那小洲上。日內瓦的盧梭洲在仿這個；可是上海式的街市旁來那麼個洲子，總有些不倫不類。

一九三一年夏天，「殖民地博覽會」開在巴黎之東的萬散園（Vincennes）裏。那時每日人山人海。會中建築都仿各地的式樣，充滿了異域的趣味。安南廟七塔參差，崢嶸肅穆，最爲出色。這些都是用某種輕便材料造的，去年都拆了。各建築中陳列著各處的出產，以及民俗。晚上人更多，來看燈光與噴水。每條路一種燈，都是立體派的圖樣。噴水有四五處，也是新圖樣；有一處叫「仙人球」噴水，就以仙人球做底樣，野拙得好玩兒。這些自然都用電彩。還有一處水橋，河兩岸各噴出十來道水，湊在一塊兒，恰好是一座弧形的橋，教人想著走上一個水晶的世界去。

西行通訊

一

聖陶兄：

我等八月二十二日由北平動身，二十四日到哈爾濱。這至少是個有趣的地方，請聽我說哈爾濱的印象。

這裏分道裏，道外，南崗，馬家溝四部分。馬家溝是新闢的市區，姑不論。南崗是住宅區，據說建築別有風味；可惜我們去時，在沒月亮的晚上。道外是中國式的市街，我們只走過十分鐘。我所知的哈爾濱，是哈爾濱的道裏，我們住的地方。

道裏純粹不是中國味兒。街上滿眼是俄國人，走著的，坐著的；女人比那兒似乎都要多些。據說道裏俄國人也只十幾萬；中國人有三十幾萬，但俄國人大約喜歡出街，所以便覺滿街都是了。你黃昏後在中國大街上走（或在南崗秋林洋行前面走），瞧那擁擁擠擠的熱鬧勁兒。上海大馬路等處入夜也鬧攘攘的，但亂七八糟地各有目的，這兒卻幾乎滿是逛街的。這種忙裏閒的光景，別處是沒有的。

這裏的外國人不像上海的英美人在中國人之上，可是也並不如有些人所想，在中國人之下。中國人算是不讓他們欺負了，他們又怎會讓中國人欺負呢？中國人不特別尊重他們，卻是真的。他們的流品很雜，開大洋行小買賣的固然多，駕著汽車沿街兜攬乘客的也不少，赤著腳愛淘氣的頑童隨處可見。這樣倒能和中國人混在一起，沒有什麼隔閡了。也許因白俄們窮無所歸，才得如此；但這現象比上海瀋陽等中外雜居的地方使人舒服多了。在上海瀋陽冷眼看著，是常要生氣，常要擔心的。

這裏人大都會說俄國話，即使是賣掃帚的。他們又大都有些外國規矩，如應諾時的「哼哼」，及保持市街清潔之類。但他們並不矜持他們的俄國話和外國規矩，也沒有賣弄的意思，只看做稀鬆平常，與別處的「二毛子」大不一樣。他們的外國化是生活自然的趨勢，而不是奢侈的裝飾，是「全民」的，不是少數「高等華人」的。一個生客到此，能領受著多少異域的風味而不感著窒息似的；與洋大人治下的上海，新貴族消夏地的青島，北戴河，宛然是兩個世界。

但這裏雖有很高的文明，卻沒有文化可言。待一兩個禮拜，甚至一個月，大致不會教你膩味，再多可就要看什麼人了。這裏沒有一爿像樣的書店，中國書外國書都很稀罕；有些大洋行的窗戶裏雖放著幾本俄文書，想來也只是給商人們消閒的小說罷。最離奇的是這裏市招上的中文，如「你吉達」，「民娘九爾」，「阿立古鬧如次」等譯音，不知出於何人之手。也難怪，中等教育，還在幼稚時期的，已是這裏的最高教育了！這樣算不算梁漱溟先生所說的整個歐化呢？我想是不能算的。哈爾濱和哈爾濱的白俄一樣，這樣下去，終於是非驢非馬的畸形而已。雖在感著多少新鮮的意味的旅客的我，到底不能不作如此想。

這裏雖是歐化的都會，但閒的處所竟有甚於北平的。大商店上午九點開到十二點，一點到三點休息；三點再開，五點便上門了。晚上呢，自然照例開電燈，讓炫眼的窗飾點綴坦蕩蕩的街市。穿梭般的男女比白天多得多。俄國人，至少在哈爾濱的，像是與街有不解緣。在巴黎倫敦最熱鬧的路上，晚上逛街的似乎也只如此罷了。街兩旁很多休息的長椅，並沒有樹蔭遮著；許多俄國人就這麼四無依傍地坐在那兒，有些竟是爲了消遣來的。閒一些的街中間還有小花園，圍以短短的柵欄，裏面來回散步的不少。——你從此定可以想到，一個廣大的公園，在哈爾濱是決少不了的。

這個現在叫做「特市公園」。大小彷彿北平的中山公園，但佈置自然兩樣。裏面有許多花壇，用各色的花拼成種種對稱的圖案；最有意思的是一處入口的兩個草獅子。是蹲伏著的，滿身碧油油的嫩草，比常見的獅子大些，神氣自然極了。園內有小山，有曲水，有亭有橋；橋是外國式，以玲瓏勝。水中可以划船，也還有些彎可轉。這樣便耐人尋味。又有茶座，電影場，電氣馬（上海大世界等處有）等。這裏電影不分場，從某時至某時老是演著；當時頗以爲奇，後來才知是外國辦法。我們去的那天，正演《西遊記》；不知別處會演些好片子否。這公園裏也是晚上人多；據說俄國女人常愛成排地在園中走，排的長約等於路的闊，同時總有好兩排走著，想來倒也很好看。特市公園外，警察告訴我們還有些小園子，不知性質如何。

這裏的路都用石塊築成。有人說石頭路塵土少些；至於不用柏油，也許因爲冬天太冷，柏油不經凍之故。總之，塵土少是真的，從北平到這兒，想著塵土要多些，那知適得其反；在這兒街上走，從好些方面看，確是比北平舒服多了。因為路好，汽車也好。不止坐著平穩而已，又多！又賤！又快！滿街是的，一揚手就來，和北平洋車一樣。這兒洋車少而貴；幾毛錢便可坐汽車，人多些便和洋車價相等。開車的俄國人居多，開得「棒」極了；拐彎，倒車，簡直行所無事，還讓你一點不擔心。巴黎倫敦自然有高妙的車手，但車馬塡咽，顯不出本領；街上的Taxi有時幾乎像驢子似的。在這一點上，哈爾濱要強些。胡適之先生提倡「汽車文明」，這裏我是第一次接觸汽車文明了。上海汽車也許比這兒多，但太貴族了，沒有多少意思。此地的馬車也不少，也賤，和五年前南京的馬車差不多，或者還要賤些。

這裏還有一樣便宜的東西，便是俄國菜。我們第一天在一天津館吃麵，以為便宜些；那知第二天吃俄國午餐，竟比天津館好而便宜得多。去年暑假在上海，有人請吃「俄國大菜」，似乎那時很流行，大約也因為價廉物美吧。俄國菜分量多，便於點菜分食；比吃別國菜自由些；且油重，合於我們的口味。我們在街上見俄國女人的脛癡肥的多，後來在西伯利亞各站所見也如此；我們常說，這怕是菜裏的油太重了吧。

最後我要說松花江，道裏道外都在江南，那邊叫江北。江中有一太陽島，夏天人很多，往往有帶了一家人去整日在上面的。島上最好的玩意自然是游泳，其次許就算划船。我不大喜歡這地方，因為毫不整潔，走著不舒服。我們去的已不是時候，想下水洗浴，因未帶衣服而罷。島上有一個臨時照相人。我和一位徐君同去，我們坐在小船上讓他照一個相。岸邊穿著游泳衣的俄國婦人孩子共四五人，跳跳跑跑地硬擠到我們船邊，有的浸在水裏，有的爬在船上，一同照在那張相裏。這種天真爛漫，倒也有些教人感著溫暖的。走方照相人，哈爾濱甚多，中國別的大都市裏，似未見過；也是外國玩意兒。照得不會好，當時可取，足爲紀念而已。從太陽島划了小船上道外去。我是剛起手划船，在北平三海來過幾回；最痛快是這回了。船夫管著方向，他的兩槳老是伺候著我的。槳是洋式，長而勻稱，支在小鐵叉上，又穩，又靈活；槳片是薄薄的，彎彎的。江上又沒有什麼萍藻，顯得寬暢之至。這樣不吃力而得討好，我們過了一個愉快的下午。第二天我們一夥兒便離開哈爾濱了。

此信八月三十一在西伯利亞車中動手寫，直耽擱到今日才寫畢。在時間上，不在篇幅上，要算得是一通太長的信了，一切請原諒罷！

弟自清，一九三一年十月八日，倫敦。

二

聖陶兄：

這一回說給你我們過西伯利亞的情形。

平常想到西伯利亞，眼前便彷彿一片莽莽的平原，黯淡的斜陽照著，或者凜冽的北風吹著，或者連天的冰雪蓋著。相信這個印象一半從《敕勒歌》來，一半從翻譯的小說來；我們火車中所見，卻並不如此驚心動魄的——大概是夏天的緣故罷。荒涼誠然不錯，但沿路沒有童山，千里的青綠，倒將西伯利亞化作平常的郊野了。只到處點綴著木屋，是向所未見。我們在西伯利亞七日，有五天都下雨；在那牛毛細雨中，這些微微發亮的木屋是有一種特別的調子的。

頭兩天是晴天，第一天的落日真好看；只有那時候我們承認西伯利亞的偉大。平原漸漸蒼茫起來，它的邊際不像白天分明，似乎伸展到無窮盡的樣子。只有西方一大片深深淺淺的金光，像是一個海。我們指點著，這些是島嶼；那些是船隻，還在微風中動搖著呢。金光炫爛極了，這地上是沒有的。勉強打個比喻，也許像熊熊的火焰吧，但火焰究竟太平凡了。那深深淺淺的調子，倒有些像名油畫家的畫板，濃一塊淡一塊的；雖不經意，而每一點一堆都可見他的精神，他的姿態。那時我們說起「霞」這個名字，覺得聲調很響亮，恰是充滿了光明似的。又說到「晚霞」；「晚」的聲調帶一些冥沒的意味，便令人有「已近黃昏」之感。L君說英文中無與「霞」相當的字，只能叫做「落日」；若真如此，我們未免要爲英國人悵惘了。

第二天傍晚過貝加爾湖；這是一個大大有名的湖，我所渴想一看的。記得郭沫若君的詩裏說過蘇武在貝加爾湖畔牧羊，真是美麗而悲涼的想像。在黯淡的暮色中過這個寂寞的湖，我不禁也懷古起來了。晚餐前我們忽見窗外很遠的一片水；大家猜，別是貝加爾湖吧？晚餐完時，車已沿著湖邊走了。向北望去，只見渺渺一白，想不出那邊還有地方。這湖單調極了。似乎每一點都同樣的平靜，沒有一個帆影，也沒有一個鳥影。夜來了，這該是死之國吧？但我還是坐在窗前呆看。東邊從何處起，我們沒留意；現在也像西邊一樣，是無窮的白水。車行兩點多鐘，貝加爾湖依然在窗外；天是黑透了，我走進屋內，到底不知什麼時候完的。

在歐亞兩洲交界處，有一段路頗有些中國意境，綿延不斷的青山與悠然流著的河水，在幾里路中只隨意曲了幾曲。山高而峻，不見多少峰巒，如削成的一座大圍屏。車在山下沿著河走；河岸也是高峻，水像突然掉下去似的。從山頂到河面，是整整齊齊的兩疊；除曲了那幾曲外，這幾里路中都是整齊的。整齊雖已是西方的好處，但那高深卻還近乎中國的山水詩或山水畫。河中見一狹狹的小舟，一個人坐著緩緩地划槳，那船和人都是灰暗的顏色；這才真是中國畫了。

車中一間屋睡四個人，而我們只有三個。上車時想著能老占著一間屋就好。但晚上便來了一個女人，像是做工的或種地的。她坦然睡了上鋪；這在國內是不會有的——我們不但是三個男人，並且是三個外國人！第二天她下車了，來的是三等車中唯一的紳士；他大概因爲晚上我們出入拉門，擾他清夢，下一天搬到別屋裏去。以後來的是兵，兵，兵！我們都說與兵有緣分呢。最後來了經濟學博士，他的名字，我還記得，是約瑟，是玩紙牌時要按名記分，他告訴我們的。從前來者都只說俄國話，我們偶然也能答應一兩個字；是從萬國臥車公司的指南上學來，如「不」「三個」「多少」之類。「不」字用得最多，伴著的是一搖頭。這自然乾脆不過，但往往從此打斷了談話；到這地步，那一位大概不是站在門外窗口去看風景，便是閉上眼睡覺。這位約瑟君卻不同，他除俄國話外，自己說還懂得法文；LH兩位都懂法文，我們立刻覺得屋裏更有意思起來了。

但約瑟君的法文卻實在不夠用，他只能說些單字。LH兩位應付得很費力，可是他愛說話極了，老是支支節節地談下去。他告訴我們，俄國報說漢口黨人燒了美孚煤油公司；又問起好幾個中國人的名字。難爲他記得住這些名字！有一個下午，他拿了紙筆，畫了地圖，和我們議論天下大事。他說俄國從美國買機器，而賣糧食給它；中國從美國買糧食和日用品，白讓它賺了錢去。他在地圖上點了幾點，寫著，「血！」「血！」說中國只能將血滴給美國，沒有別的。他似乎以爲中國全然美國化了，這樣東西也問「亞美利加？」那樣也問「亞美利加？」甚至我送他一包香片，也問「亞美利加？」我們趕緊說「中國」，「中國」，才收下了。

他又問我們什麼黨。我們三個都不在黨；他奇怪極了，指著胸道，「我——博士——共產黨！」指在他身旁的朋友——也是經濟學博士——道，「他——博士——共產黨！」他喜歡喝酒，常和他的朋友上飯車去喝。也邀過我們兩三次，總說，「同志——啤酒，」一面指著飯車那方面。我們都謝了。最後他似乎不大好意思，指點著道，「我——布爾喬——你們——普羅利特利亞特！」他又常指著他的衣服道，「不好看——俄羅斯；」指著我們的道，「亞美利加！」（兩三天後在另一車上和一個十八歲的俄國工人談話，一位高麗人給翻譯。這是個天真爛漫的工人，他的衣服比我們粗糙多了，可是比我們貴多了。他露出羡慕的顏色，但我想起約瑟君的話，倒有些羡慕他們。）他是個和藹的人，很幫我們的忙。快到莫斯科時，他一面剝著松子（沿路見俄國人吃松子的甚多，一粒粒地摘下來嗑著，似乎比嗑瓜子有意思），一面告訴我們他有妻有子，現在家裏等著他呢。又指著遠處，說他夏天和他們住在城外，天涼了才搬進城去。下車後他還特地到窗前來和我們揚手作別。他是黑頭髮，紫臉膛，繞腮鬍根子；他說他現在是一個經濟雜誌編輯人。

本該下午兩點到莫斯科；誤了五點鐘，到時天已全黑了。去波蘭的車就要開；滿心想看看莫斯科，卻只見一片黑夜，我只得帶著最大的失望上車走了。第二天下午在波蘭換車上巴黎去。晚上到飯車吃飯，侍者穿著小禮服，鞠著躬和客人說話，客人也大都換上整齊的衣服端端正正坐著，與俄國飯車空氣大不相同。我漸漸有些拘束起來了。

弟自清，一九三一年十一月十五日，倫敦。

倫敦雜記

三家書店

倫敦賣舊書的鋪子，集中在切林克拉斯路（Charing Cross Road）；那是熱鬧地方，頂容易找。路不寬，也不長，只這麼彎彎的一段兒；兩旁不短的是書，玻璃窗裏齊整整排著的，門口攤兒上亂哄哄擺著的，都有。加上那徘徊在窗前的，圍繞著攤兒的，看書的人，到處顯得擁擁擠擠，看過去路便更窄了。攤兒上看最痛快，隨你翻，用不著「勞駕」「多謝」；可是讓風吹日曬的到底沒什麼好書，要看好的還得進鋪子去。進去了有時也可隨便看，隨便翻，但用得著「勞駕」「多謝」的時候也有；不過愛買不買，決不至於遭白眼。說是舊書，新書可也有的是；只是來者多數為的舊書罷了。

最大的一家要算福也爾（Foyle），在路西；新舊大樓隔著一道小街相對著，共占七號門牌，都是四層，舊大樓還帶地下室——可並不是地窨子。店裏按著書的性質分二十五部；地下室裏滿是舊文學書。這爿店二十八年前本是一家小鋪子，只用了一個店員；現在店員差不多到了二百人，藏書到了二百萬種，倫敦的《晨報》稱為「世界最大的新舊書店」。兩邊店門口也擺著書攤兒，可是比別家的大。我的一本《袖珍歐洲指南》，就在這兒從那穿了滿染著書塵的工作衣的店員手裏，用半價買到的。在攤兒上翻書的時候，往往看不見店員的影子；等到選好了書四面找他，他卻從不知那一個角落裏鑽出來了。但最值得流連的還是那間地下室；那兒有好多排書架子，地上還東一堆西一堆的。乍進去，好像掉在書海裏；慢慢地才找出道兒來。屋裏不夠亮，土又多，離窗戶遠些的地方，白日也得開燈。可是看得自在；他們是早七點到晚九點，你待個幾點鐘不在乎，一天去幾趟也不在乎。只有一件，不可著急。你得像逛廟會逛小市那樣，一半玩兒，一半當真，翻翻看看，看看翻翻；也許好幾回碰不見一本合意的書，也許霎時間到手了不止一本。

開鋪子少不了生意經，福也爾的卻頗高雅。他們在舊大樓的四層上留出一間美術館，不時地展覽一些畫。去看不花錢，還送展覽目錄；目錄後面印著幾行字，告訴你要買美術書可到館旁藝術部去。展覽的畫也並不壞，有賣的，有不賣的。他們又常在館裏舉行演講會，講的人和主席的人當中，不缺少知名的。聽講也不用花錢；只每季的演講程序表下，「恭請你注意組織演講會的福也爾書店」。還有所謂文學午餐會，記得也在館裏。他們請一兩個小名人做主角，隨便誰，納了餐費便可加入；英國的午餐很簡單，費不會多。假使有閒工夫，去領略領略那名雋的談吐，倒也值得的，不過去的卻並不怎樣多。

牛津街是倫敦的東西通衢，繁華無比，街上呢絨店最多；但也有一家大書鋪，叫做彭勃思（Bumpus）的便是。這鋪子開設於一七九〇年左右，原在別處；一八五〇年在牛津街開了一個分店，十九世紀末便全挪到那邊去了，維多利亞時代，店主多馬斯彭勃思很通聲氣，來往的有迭更斯，蘭姆，麥考萊，威治威斯等人；鋪子就在這時候出了名。店後本連著舊法院，有看守所，守衛室等，十幾年來都讓店裏給買下了。這點古蹟增加了人對於書店的趣味。法院的會議圓廳現在專作書籍展覽會之用；守衛室陳列插圖的書，看守所變成新書的貨棧。但當日的光景還可從一些畫裏看出：如十八世紀羅蘭生（Rowlandson）所畫守衛室內部，是晚上各守衛提了燈準備去查監的情形，瞧著很忙碌的樣子。再有一個圖，畫的是一七二九的一個守衛，神氣夠凶的。看守所也有一幅畫，磚砌的一重重大拱門，石板鋪的地，看守室的厚木板門嚴嚴鎖著，只留下一個小方窗，還用十字形的鐵條界著；真是銅牆鐵壁，插翅也飛不出去。

這家鋪子是五層大樓，卻沒有福也爾家地方大。下層賣新書，三樓賣兒童書，外國書，四樓五樓賣廉價書；二樓賣絕版書，難得的本子，精裝的新書，還有《聖經》，祈禱書，書影等等，似乎是菁華所在。他們有初印本，精印本，著者自印本，著者簽字本等目錄，搜羅甚博，福也爾家所不及。新書用小牛皮或摩洛哥皮（山羊皮——羊皮也可仿製）裝訂，燙上金色或別種顏色的立體派圖案；稀疏的幾條平直線或弧線，還有「點兒」，錯綜著配置，透出乾淨，俐落，平靜，顯豁，看了心目清朗。裝訂的書，數這兒講究，別家書店裏少見。書影是仿中世紀的抄本的一葉，大抵是禱文之類。中世紀抄本用黑色花體字，文首第一字母和葉邊空處，常用藍色金色畫上各種花飾，典麗矞皇，窮極工巧，而又經久不變；仿本自然說不上這些，只取其也有一點古色古香罷了。

一九三一年裏，這鋪子舉行過兩回展覽會，一回是劍橋書籍展覽，一回是近代插圖書籍展覽，都在那「會議廳」裏。重要的自然是第一回。牛津劍橋是英國最著名的大學；各有印刷所，也都著名。這裏從前展覽過牛津書籍，現在再展覽劍橋的，可謂無遺憾了。這一年是劍橋目下的辟特印刷所（The Pitt Press）奠基百年紀念，展覽會便爲的慶祝這個。展覽會由鼎鼎大名的斯密茲將軍（General Smuts）開幕，到者有科學家詹姆士金斯（James Jeans），亞特愛丁頓（Arthur Eddington），還有別的人。展覽分兩部，現在出版的書約莫四千冊是一類；另一類是歷史部分。劍橋的書字型清晰，墨色勻稱，行款合式，書扉和書衣上最見工夫；尤其擅長的是算學書，專門的科學書。這兩種書需要極精密的技巧，極仔細的校對；劍橋是第一把手。但是這些東西，還有他們印的那些冷僻的外國語書，都賣得少，賺不了錢。除了是大學印刷所，別家大概很少願意承印。劍橋又承印《聖經》；英國准印《聖經》的只劍橋牛津和王家印刷人。斯密茲說劍橋就靠《聖經》和教科書賺錢。可是《泰晤士報》社論中說現在印《聖經》的責任重大，認真地考究地印，也只能夠本罷了。——一五八八年英國最早的《聖經》便是由劍橋承印的。

英國印第一本書，出於倫敦威廉甲克司登（William Caxton）之手，那是一四七七年。到了一五二一，約翰席勃齊（John Siberch）來到劍橋，一年內印了八本書，劍橋印刷事業才創始。八年之後，大學方面因爲有一家書紙店與異端的新教派勾結，怕他們利用書籍宣傳，便呈請政府，求英王核准，在劍橋只許有三家書鋪，讓他們宣誓不賣未經大學檢查員審定的書。那時英王是亨利第八；一五三四年頒給他們敕書，授權他們選三家書紙店兼印刷人，或書鋪，「印行大學校長或他的代理人等所審定的各種書籍」。這便是劍橋印書的法律根據。不過直到一五八三年，他們才真正印起書來。那時倫敦各家書紙店有印書的專利權，任意抬高價錢。他們妒忌劍橋印書，更恨的是賣得賤。恰好一六二〇年劍橋翻印了他們一本文法書，他們就在法庭告了一狀。劍橋師生老早不樂意他們抬價錢，這一來更憤憤不平；大學副校長第二年乘英王詹姆士第一上新市場去，半路上就遞上一件呈子，附了一個比較價目表。這樣小題大做，真有些書呆子氣。王和諸大臣商議了一下，批道，我們現在事情很多，沒工夫討論大學與諸家書紙店的權益；但准大學印刷人出售那些文法書，以救濟他的支絀。這算是碰了個軟釘子，可也算是勝利。那呈子，那批，和上文說的那本《聖經》都在這一回展覽中。席勃齊印的八本書也有兩種在這裏。此外還有一六二九年初印的定本《聖經》，書扉雕刻繁細，手藝精工之極。又密爾頓《力息達斯》（Lycidas）的初本也在展覽著，那是經他親手校改過的。

近代插圖書籍展覽，在聖誕節前不久，大約是讓做父母的給孩子們多買點節禮吧。但在一個外國人，卻也值得看看。展覽的是七十年來的作品，雖沒有什麼系統，在這裏卻可以找著各種美，各種趨勢。插圖與裝飾畫不一樣，得吟味原書的文字，透出自己的機鋒。心要靈，手要熟，二者不可缺一。或實寫，或想像，因原書情境，畫人性習而異。——童話的插圖卻只得憑空著筆，想像更自由些；在不自由的成人看來，也許別有一種滋味。看過趙譯《阿麗思漫遊奇境記》裏譚尼爾（John Tenniel）的插畫的，當會有同感吧。——所展覽的，幽默，秀美，粗豪，典重，各擅勝場，琳琅滿目；有人稱爲「視覺的音樂」，頗爲近之。最有味的，同一作家，各家插畫所表現的卻大不相同。

譬如莪默伽亞謨（Omar Khayyam），莎士比亞，幾乎在一個人手裏一個樣子；展覽會裏書多，比較著看方便，可以擴充眼界。插圖有「黑白」的，有彩色的；「黑白」的多，為的省事省錢。就黑白畫而論，從前是雕版，後來是照相；照相雖然精細，可是失掉了那種生力，只要拿原稿對看就會覺出。這兒也展覽原稿，或是灰筆畫，或是水彩畫；不但可以「對看」，也可以讓那些藝術家更和我們接近些。《觀察報》記者記這回展覽會，說插圖的書，字往往印得特別大，意在和諧；卻實在不便看。他主張書與圖分開，字還照尋常大小印。他自然指大本子而言。但那種「和諧」其實也可愛；若說不便，這種書原是讓你慢慢玩賞的，那能像讀報一樣目下數行呢？再說，將配好了的對兒生生拆開，不但大小不稱，怕還要多花錢。

詩籍鋪（The Poetry Bookshop）真是米米小，在一個大地方的一道小街上。「叫名」街，實在一條小胡同吧。門前不大見車馬，不說；就是行人，一天也只寥寥幾個。那道街斜對著無人不知的大英博物院；街口釘著小小的一塊字號木牌。初次去時，人家教在博物院左近找。問院門口守衛，他不知道有這個鋪子，問路上戴著常禮帽的老者，他想沒有這麼一個鋪子；好容易才找著那塊小木牌，真是「遠在天邊，近在眼前」。這鋪子從前在另一處，那才冷僻，連裴歹克的地圖上都沒名字，據說那兒是一所老宅子，才真夠詩味，挪到現在這樣平常的地帶，未免太可惜。那時候美國遊客常去，一個原因許是美國看不見那樣老宅子。

詩人赫洛德孟羅（Harold Monro）在一九一二年創辦了這爿詩籍鋪。用意在讓詩與社會發生點切實的關係。孟羅是二十多年來倫敦文學生涯裏一個要緊角色。從一九一一給詩社辦《詩刊》（Poetry Review）起知名。在第一期裏，他說，「詩與人生的關係得再認真討論，用於別種藝術的標準也該用於詩。」他覺得能做詩的該做詩，有困難時該幫助他，讓他能做下去；一般人也該念詩，受用詩。為了前一件，他要自辦雜誌，為了後一件，他要辦讀詩會；為了這兩件，他辦了詩籍鋪。這鋪子印行過《喬治詩選》（Georgian Poetry），喬治是現在英王的名字，意思就是當代詩選，所收的都是代表作家。第一冊出版，一時風靡，買詩念詩的都多了起來；社會確乎大受影響。詩選共五冊；出第五冊時在一九二二，那時喬治詩人的詩興卻漸漸衰了。一九一九到二五年鋪子裏又印行《市本》月刊（The Chapbook）登載詩歌，評論，木刻等，頗多新進作家。

讀詩會也在鋪子裏；星期四晚上準六點鐘起，在一間小樓上。一年中也有些時候定好了沒有。從創始以來，差不多沒有間斷過。前前後後著名的詩人幾乎都在這兒讀過詩：他們自己的詩，或他們喜歡的詩。入場券六便士，在英國算賤，合四五毛錢。在倫敦的時候，也去過兩回。那時孟羅病了，不大能問事，鋪子裏頗為黯淡。兩回都是他夫人愛立達克萊曼答斯基（Alida Klementaski）讀，說是找不著別人。那間小樓也容得下四五十位子，兩回去，人都不少；第二回滿了座，而且幾乎都是女人——還有挨著牆站著聽的。屋內只讀詩的人小桌上一盞藍罩子的桌燈亮著，幽幽的。她讀濟茲和別人的詩，讀得很好，口齒既清楚，又有頓挫，內行說，能表出原詩的情味。英國詩有兩種讀法，將每個重音咬得清清楚楚，頓挫的地方用力，和說話的調子不相像，約翰德林瓦特（John Drinkwater）便主張這一種。他說，讀詩若用說話的調子，太隨便，詩會跑了。但是參用一點兒，像克萊曼答斯基女士那樣，也似乎自然流利，別有味道。這怕要看什麼樣的詩，什麼樣的讀詩人，不可一概而論。但英國讀詩，除不吟而誦，與中國根本不同之處，還有一件：他們按著文氣停頓，不按著行，也不一定按著韻腳。這因爲他們的詩以輕重爲節奏，文句組織又不同，往往一句跨兩行三行，卻非作一句讀不可，韻腳便只得輕輕地滑過去。讀詩是一種才能，但也需要訓練；他們注重這個，訓練的機會多，所以是詩人都能來一手。

鋪子在樓下，只一間，可是和讀詩那座樓遠隔著一條甬道。屋子有點黑，四壁是書架，中間桌上放著些詩歌篇子（Sheets），木刻畫。篇子有寬長兩種，印著詩歌，加上些零星的彩畫，是給大人和孩子玩兒的。犄角兒上一張賬桌子，坐著一個戴近視眼鏡的，和藹可親的，圓臉的中年婦人。桌前裝著火爐，爐旁蹲著一隻大白獅子貓，和女人一樣胖。有時也遇見克萊曼答斯基女士，匆匆地來匆匆地去。孟羅死在一九三二年三月十五日。第二天晚上到鋪子裏去，看見兩個年輕人在和那女人司賬說話；說到詩，說到人生，都是哀悼孟羅的。話音很悲傷，卻如清泉流瀉，差不多句句像詩；女司賬說不出什麼，唯唯而已。孟羅在日最盡力於詩人文人的結合，他老讓各色的才人聚在一塊兒。又好客，家裏爐旁（英國終年有用火爐的時候）常有許多人聚談，到深夜才去。這兩位青年的傷感不是偶然的。他的鋪子可是賺不了錢；死後由他夫人接手，勉強張羅，現在許還開著。

文人宅

杜甫《最能行》云，「若道士無英俊才，何得山有屈原宅？」《水經注》，秭歸「縣北一百六十里有屈原故宅，累石爲屋基。」看來只是一堆爛石頭，杜甫不過說得嘴響罷了。但代遠年湮，渺茫也是當然。往近裏說，《孽海花》上的「李純客」就是李慈銘，書裏記著他自撰的楹聯，上句云，「保安寺街藏書一萬卷」；但現在走過北平保安寺街的人，誰知道那一所屋子是他住過的？更不用提屋子裏怎麼個情形，他住著時怎麼個情形了。要憑吊，要留連，只好在街上站一會兒出出神而已。

西方人崇拜英雄可真當回事兒，名人故宅往往保存得好。譬如莎士比亞吧，老宅子，新宅子，太太老太太宅子，都好好的，連傢俱什物都存著。莎士比亞也許特別些，就是別人，若有故宅可認的話，至少也在牆上用木牌標明，讓訪古者有低徊之處；無論宅裏住著人或已經改了鋪子。這回在倫敦所見的四文人宅，時代近，宅內情形比莎士比亞的還好；四所宅子大概都由私人捐款收買，布置起來，再交給公家的。

約翰生博士（Samuel Johnsom，1709-1784）宅，在舊城，是三層樓房，在一個小方場的一角上，靜靜的。他一七四八年進宅，直住了十一年；他太太死在這裏。他的助手就在三層樓上小屋裏編成了他那部大字典。那部寓言小說（allegorical novel）《剌塞拉斯》（《Rasselas》）大概也在這屋子裏寫成；是晚上寫的，只寫了一禮拜，爲的要付母親下葬的費用。屋裏各處，如門堂，複壁板，樓梯，碗櫥，廚房等，無不古氣盎然。那著名的大字典陳列在樓下客室裏；是第三版，厚厚的兩大冊。他編著這部字典，意在保全英語的純粹，並確定字義；因爲當時作家採用法國字的實在太多了。字典中所定字義有些很幽默：如「女詩人，母詩人也」（shepoet，蓋準shegoat——母山羊——字例），又如「燕麥，穀之一種，英格蘭以飼馬，而蘇格蘭則以爲民食也」，都夠損的。——倫敦約翰生社便用這宅子作會所。

濟茲（John Keats，1795-1821）宅，在市北漢姆司臺德區（Hampstead）。他生卒雖然都不在這屋子裏，可是在這兒住，在這兒戀愛，在這兒受人攻擊，在這兒寫下不朽的詩歌。那時漢姆司臺德區還是鄉下，以風景著名，不像現時人煙稠密。濟茲和他的朋友布朗（Charles Armitage Brown）同住。屋後是個大花園，綠草繁花，靜如隔世；中間一棵老梅樹，一九二一年幹死了，幹子還在。據布朗的追記，濟茲《夜鶯歌》似乎就在這棵樹下寫成。布朗說，「一八一九年春天，有隻夜鶯做窠在這屋子近處。濟茲常靜聽牠歌唱以自怡悅；一天早晨吃完早飯，他端起一張椅子坐到草地上梅樹下，直坐了兩三點鐘。進屋子的時候，見他拿著幾張紙片兒，塞向書後面去。問他，才知道是歌詠我們的夜鶯之作。」這裏說的梅樹，也許就是花園裏那一棵。但是屋前還有草地，地上也是一棵三百歲老桑樹，枝葉扶疏，至今結桑椹；有人想《夜鶯歌》也許在這棵樹下寫的。濟茲的好詩在這宅子裏寫的最多。

他們隔壁住過一家姓布龍（Brawne）的。有位小姐叫凡耐（Fanny），讓濟茲愛上了，他倆訂了婚，他的朋友頗有人不以為然，為的女的配不上；可是女家也大不樂意，為的濟茲身體弱，又像瘋瘋癲癲的。濟茲自己寫小姐道：「她個兒和我差不多——長長的臉蛋兒——多愁善感——頭梳得好——鼻子不壞，就是有點小毛病——嘴有壞處有好處——臉側面看好，正面看，又瘦又少血色，像沒有骨頭。身架苗條，姿態如之——胳膊好，手差點兒——腳還可以——她不止十七歲，可是天真爛漫——舉動奇奇怪怪的，到處跳跳蹦蹦，給人編諢名，近來愣叫我『自美自的女孩子』——我想這並非生性壞，不過愛鬧一點漂亮勁兒罷了。」

一八二〇年二月，濟茲從外面回來，吐了一口血。他母親和三弟都死在癆病上，他也是個癆病底子；從此便一天壞似一天。這一年九月，他的朋友賽梵（Joseph Severn）伴他上羅馬去養病；次年二月就死在那裏，葬新教墳場，才二十六歲。現在這屋子裏陳列著一圈頭髮，大約是賽梵在他死後從他頭上剪下來的。又次年，賽梵向人談起，說他保存著可憐的濟茲一點頭髮，等個朋友捎回英國去；他說他有個怪想頭，想照他的希臘琴的樣子作根別針，就用濟茲頭髮當弦子，送給可憐的布龍小姐，只恨找不到這樣的手藝人。濟茲頭髮的顏色在各人眼裏不大一樣：有的說赤褐色，有的說棕色，有的說暖棕色，他二弟兩口子說是金紅色，賽梵追畫他的像，卻又畫作深厚的棕黃色。布龍小姐的頭髮，這兒也有一併存著。

他倆訂婚戒指也在這兒，鑲著一塊紅寶石。還有一冊仿四折本《莎士比亞》，是濟茲常用的。他對於莎士比亞，下過一番苦工夫；書中頁邊行裏都畫著道兒，也有些精湛的評語。空白處親筆寫著他見密爾頓發和獨坐重讀《黎琊王》劇作兩首詩；書名頁上記著「給布龍凡耐，一八二〇」，照年份看，準是上義大利去時送了作紀念的。珂羅版印的《夜鶯歌》墨跡，有一份在這兒，另有哈代《漢姆司臺德宅作》一詩手稿，是哈代夫人捐贈的，宅中出售影印本。濟茲書法以秀麗勝，哈代的以蒼老勝。

這屋子保存下來卻並不易。一九二一年，業主想出售，由人翻蓋招租，地段好，脫手一定快的；本區市長知道了，趕緊組織委員會募款一萬鎊。款還募得不多，投機的建築公司已經爭先向業主講價錢。在這千鈞一髮的當兒，虧得市長和本區四委員迅速行動，用私人名義擔保付款，才得挽回危局。後來共收到捐款四千六百五十鎊（約合七八萬元），多一半是美國人捐的；那時正當大戰之後，爲這件事在英國募款是不容易的。

加萊爾（Thomas Carlyle，1795-1881）宅，在泰晤士河旁乞而西區（Chelsea）；這一區至今是文人藝士薈萃之處。加萊爾是維多利亞時代初期的散文家，當時號爲「乞而西聖人」。一八三四年住到這宅子裏，一直到死。書房在三層樓上，他最後一本書《弗來德力大帝傳》就在這兒寫的。這間房前面臨街，後面是小園子；他讓前後都砌上夾牆，爲的怕那街上的囂聲，園中的雞叫。他著書時坐的椅子還在；還有一件呢浴衣。據說他最愛穿浴衣，有不少件；蘇格蘭國家畫院所藏他的畫像，便穿著灰呢浴衣，坐在沙發上讀書，自有一番寬舒的氣象。畫中讀書用的架子還可看見。宅裏存著他幾封信，女司事願意念給訪問的人聽，朗朗有味。二樓加萊爾夫人屋裏放著架小屏，上面橫的豎的斜的正的貼滿了世界各處風景和人物的畫片。

迭更斯（Charles Dickens，1812-1870）宅，在「西頭」，現在是熱鬧地方。迭更斯出身貧賤，熟悉下流社會情形；他小說裏寫這種情形，最是酣暢淋漓之至。這使他成為「本世紀最通俗的小說家，又，英國大幽默家之一」，如他的老友浮斯大（John Forster）給他作的傳開端所說。他一八三六年動手寫《比克維克秘記》（《Pickwick Papers》），在月刊上發表。起初是紳士比克維克等行獵故事，不甚為世所重；後來僕人山姆（Sam Weller）出現，詼諧嘲諷，百變不窮，那月刊頓時風行起來。迭更斯手頭漸寬，這才遷入這宅子裏，時在一八三七年。

他在這裏寫完了《比克維克秘記》，就是這一年印成單行本。他算是一舉成名，從此直到他死時，三十四年間，總是蒸蒸日上。來這屋子不多日子，他借了一個飯店舉行《秘記》發表周年紀念，又舉行他夫婦結婚周年紀念。住了約莫兩年，又寫成《塊肉餘生述》，《滑稽外史》等。這其間生了兩個女兒，房子擠不下了；一八三九年終，他便搬到別處去了。

屋子裏最熱鬧的是畫，畫著他小說中的人物，牆上大大小小，突梯滑稽，滿是的。所以一屋子春氣。他的人物雖只是類型，不免奇幻荒唐之處，可是有真味，有人味；因此這麼讓人歡喜讚嘆。屋子下層一間廚房，所謂「丁來谷廚房」，道地老式英國廚房，是特地布置起來的——「丁來谷」是比克維克一行下鄉時寄住的地方。廚房架子上擺著帶釉陶器，也都畫著迭更斯的人物。這宅裏還存著他的手杖，頭髮；一朵玫瑰花，是從他屍身上取下來的；一塊小窗戶，是他十一歲時住的樓頂小屋裏的；一張書桌，他帶到美洲去過，臨死時給了二女兒，現時罩著紫色天鵝絨，鑾佮俐的。此外有他從這屋子寄出的兩封信，算回了老家。

這四所宅子裏的東西，多半是人家捐贈；有些是特地買了送來的。也有借得來陳列的。管事的人總是在留意搜尋著，頗爲苦心熱腸。經常用費大部靠基金和門票、指南等餘利；但門票賣的並不多，指南照顧的更少，大約維持也不大容易。

格雷（Thomas Gray,1716-1771）以《輓歌辭》（《Elegy Written in a Country Churchyard》）著名。原題中所云「作於鄉村教堂墓地中」，指司妥克波忌士（Stoke Poges）的教堂而言。詩作於一七四二格雷二十五歲時，成於一七五〇，當時詩人懷古之情，死生之感，親近自然之意，詩中都委婉達出，而句律精妙，音節諧美，批評家以爲最足代表英國詩，稱爲詩中之詩。詩出後，風靡一時，誦讀模擬，遍於歐洲各國；歷來引用極多，至今已成爲英美文學教育的一部分。司妥克波忌士在倫敦西南，從那著名的溫澤堡（Windsor Castle）去是很近的。四月一個下午，微雨之後，我們到了那裏。一路幽靜，似乎鳥聲也不大聽見。拐了一個小彎兒，眼前一片平鋪的碧草，點綴著稀疏的墓碑；教堂木然孤立，像戲臺上佈景似的。小路旁一所小屋子，門口有小木牌寫著格雷陳列室之類。出來一位白髮老人，殷勤地引我們去看格雷墓，長方形，特別大，是和他母親、姨母合葬的，緊挨著教堂牆下。又看水松樹（yew-tree），老人說格雷在那樹下寫《輓歌辭》來著；《輓歌辭》裏提到水松樹，倒是確實的。我們又兜了個大圈子，才回到小屋裏，看《輓歌辭》真跡的影印本。還有幾件和格雷關係很疏的舊東西。屋後有井，老人自己汲水灌園，讓我們想起「灌園叟」來；臨別他送我們每人一張教堂影片。

博物院

倫敦的博物院帶畫院，只檢大的說，足足有十個之多。在巴黎和柏林，並不「覺得」博物院有這麼多似的。柏林的本來少些；巴黎的不但不少，還要多些，但除盧佛宮外，都不大。最要緊的，倫敦各院陳列得有條有理的，又疏朗，房屋又亮，得看；不像盧佛宮，東西那麼擠，屋子那麼黑，老教人喘不出氣。可是，倫敦雖然得看，說起來也還是千頭萬緒；真只好檢大的說罷了。

先看西南角。維多利亞亞伯特院最爲堂皇富麗。這是個美術博物院，所收藏的都是美術史材料，而裝飾用的工藝品尤多，東方的西方的都有。漆器，瓷器，傢俱，織物，服裝，書籍裝訂，道地五光十色。這裏頗有中國東西，漆器瓷器玉器不用說，壁畫佛像，羅漢木像，還有乾隆寶座也都見於該院的「東方百珍圖錄」裏。圖錄裏還有明朝李麟（**原作Li Ling，疑係此人**）畫的《波羅球戲圖》；波羅球騎著馬打，是唐朝從西域傳來的。中國現在似乎沒存著這種畫。院中賣石膏像，有些真大。

自然史院是從不列顛博物院分出來的。這裏才真古色古香，也才真「巨大」。看了各種史前人的模型，只覺得遠煙似的時代，無從憑吊，無從懷想——滿夠不上分兒。中生代大爬蟲的骨架，昂然站在屋頂下，人還夠不上牠們一條腿那麼長，不用提「項背」了。現代鯨魚的標本雖然也夠大的，但沒腿，在陸居的我們眼中就差多了。這裏有夜鶯，自然是死的，那樣子似乎也並不特別秀氣；嗓子可真脆真圓，我在話匣片裏聽來著。

歐戰院成立不過十來年。大戰各方面，可以從這裏略見一斑。這裏有模型，有透視畫（dioramas），有照相，有電影機，有槍炮等等。但最多的還是畫。大戰當年，英國情報部雇用一群少年畫家，教他們擱下自己的工作，大規模的畫戰事畫，以供宣傳，並作爲歷史紀錄。後來少年畫家不夠用，連老畫家也用上了。那時情報部常常給這些畫家開展覽會，個人的或合夥的。歐戰院的畫便是那些展覽作品的一部分。少年畫家大約都是些立體派，和老畫家的浪漫作風迥乎不同。這些畫家都透視了戰爭，但他們所成就的卻只是歷史紀錄，藝術是沒有什麼的。

現在該到西頭來，看人所熟知的不列顛博物院了。考古學的收藏，名人文件，抄本和印本書籍，都數一數二；顧愷之《女史箴》卷子和敦煌卷子便在此院中。瓷器也不少，中國的，土耳其的，歐洲各國的都有；中國的不用說，土耳其的青花，渾厚樸拙，比歐洲金的藍的或刻鏤的好。考古學方面，埃及王拉米塞斯第二（約西元前一二五〇）巨大的花崗石像，幾乎有自然史院大爬蟲那麼高，足爲我們揚眉吐氣；也有坐像。坐立像都僵直而四方，大有雖地動山搖不倒之勢。這些像的石質尺寸和形狀，表示統治者永久的超人的權力。還有貝葉的《死者的書》，用象形字和俗字兩體寫成。羅塞他石，用埃及兩體字和希臘文刻著詔書一通（西元前一九五），一七九八年出土；從這塊石頭上，學者比對希臘文，才讀通了埃及文字。

希臘巴昔農廟（Parthenon）各件雕刻，是該院最足以自豪的。這個廟在雅典，奉祀女神雅典巴昔奴；配利克里斯（Pericles）時代，教成千帶萬的藝術家，用最美的大理石，重建起來，總其事的是配氏的好友兼顧問，著名雕刻家費迪亞斯（Phidias）。那時物阜民豐，費了二十年工夫，到了西元前四三五年，才造成。廟是長方形，有門無窗；或單行或雙行的石柱圍繞著，像女神的馬隊一般。短的兩頭，柱上承著三角形的楣；這上面都雕著像。廟牆外上部，是著名的刻壁。廟在一六八七年讓威尼斯人炸毀了一部分；一八〇一年，愛而近伯爵從雅典人手裏將三角楣上的像，刻壁，和些別的買回英國，費了七萬鎊，約合百多萬元；後來轉賣給這博物院，卻只要一半價錢。院中特設了一間愛而近室陳列那些藝術品，並參考巴黎國家圖書館所藏的巴昔農廟諸圖，做成廟的模型，巍巍然立在石山上。

希臘雕像與埃及大不相同，絕無僵直和緊張的樣子。那些藝術家比較自由，得以研究人體的比例；骨架，肌理，皮肉，他們都懂得清楚，而且有本事表現出來。又能抓住要點，使全體和諧不亂。無論坐像立像，都自然，莊嚴，造成希臘藝術的特色：清明而有力。當時運動競技極發達；藝術家雕神像，常以得獎的人爲「模特兒」，赤裸裸的身體裏充滿了活動與力量。可是究竟是神像；所以不能是如實的人像而只是理想的人像。這時代所缺少的是熱情，幻想；那要等後世藝人去發展了。廟的東楣上運命女神三姊妹像，頭已經失去了，可是那衣褶如水的輕妙，衣褶下身體的充盈，也從繁複的光影中顯現，幾乎不相信是石人。那刻壁浮雕著女神節貴家少女獻衣的行列。少女們穿著長袍，莊嚴的衣褶，和運命女神的又不一樣，手裏各自拿著些東西；後面跟著成隊的老人，婦女，雄赳赳的騎士，還有帶祭品的人，齊向諸神而進。諸神清明徹骨，在等待著這一行人眾。這刻壁上那麼多人，卻不繁雜，不零散，打成一片，佈局時必然煞費苦心。而細看諸少女諸騎士，也各有精神，絕不一律；其間刀鋒或深或淺，光影大異。少壯的騎士更像生龍活虎，千載如見。

院中所藏名人的文件太多了。像莎士比亞押房契，彌爾頓出賣《失樂園》合同（這合同是書記代簽，不出密氏親筆），巴格來夫（Palgrave）《金庫集》稿，格雷《輓歌》稿，哈代《苔絲》稿，達文齊，密凱安傑羅的手冊，還有維多利亞後四歲時鉛筆簽字，都親切有味。至於荷馬史詩的貝葉，西元一世紀所寫，在埃及發見的，以及九世紀時希伯來文《舊約聖經》殘頁，據說也許是世界上最古《聖經》鈔本的，卻真令人悠然遐想。還有，二世紀時，羅馬艦隊一官員，向兵丁買了一個七歲的東方小兒為奴，立了一張貝葉契，上端蓋著泥印七顆；和英國大憲章的原本，很可比著看。院裏藏的中古鈔本也不少；那時歐洲僧侶非常閒，日以抄書為事；字用峨特體，多稜角，精工是不用說的。他們最考究字頭和插畫，必然細心勾勒著上鮮麗的顏色，藍和金用得多些；顏色也選得精，至今不變。某抄本有歲曆圖，二幅，畫十二月風俗，細致風華，極為少見。每幅下另有一欄畫種種遊戲，人物短小，卻也滑稽可喜。畫目如下：正月，析薪；二月，炬舞；三月，種花，伐木；四月，情人園會；五月，蕩舟；六月，比武；七月，行獵，刈麥；八月，獲稻；九月，釀酒；十月，耕種；十一月，獵歸；十二月，屠豕。鈔本和印本書籍之多，世界上只有巴黎國家圖書館可與這博物院相比；此處印本共三百二十萬餘冊。有穹窿頂的大閱覽室，圓形，室中桌子的安排，好像車輪的輻，可坐四百八十五人；管理員高踞在轂中。

次看畫院。國家畫院在西中區鬧市口，正對著特拉伐加方場一百八十四英尺高的納爾遜石柱子。院中的畫不算很多，可是足以代表歐洲畫史上的各派，他們自詡，在這一方面，世界上那兒也及不上這裏。最完全的是義大利十五六世紀的作品，特別是佛羅倫司派，大約除了義大利本國，便得上這兒來了。畫按派別排列，可也按著時代。但是要看英國美術，此地不成，得上南邊兒泰特（Tate）畫院去。那畫院在泰晤士河邊上；一九二八年水上了岸，給浸壞了特耐爾（Joseph Malord William Turner,1775-1851）好多畫，最可惜。特耐爾是十九世紀英國最大的風景畫家，也是印象派的先鋒。他是個窮苦的孩子，小時候住在菜市旁的陋巷裏，常只在泰晤士河的碼頭和駁船上玩兒。他對於泰晤士河太熟了，所以後來愛畫船，畫水，畫太陽光。再後來他費了二十多年工夫專研究光影和色彩，輪廓與內容差不多全不管；這便做了印象派的前驅了。他畫過一幅《日出：灣頭堡子》，那堡子淡得只見影兒，左手一行樹，也只有樹的意思罷了；可是，瞧，那金黃的朝陽的光，順著樹水似的流過去，你只覺著溫暖，只覺著柔和，在你的身上，那光卻又像一片海，滿處都是的，可是閃閃爍爍，儀態萬千，教你無從捉摸，有點兒著急。

特耐爾以前，堅士波羅（Gainsborough,1727-1788）是第一個人脫離荷蘭影響，用英國景物作風景畫的題材；又以畫像著名。何嘉士（Hogarth,1697-1764）畫了一套《結婚式》，又生動又親切，當時刻板流傳，風行各處，現存在這畫院中。美國大畫家惠斯勒（Whistler）稱他爲英國僅有的大畫家。雷諾爾茲（Reynolds,1723-1792）的畫像，與堅士波羅並稱。畫像以性格與身分爲主，第一當然要像。可是從看畫者一面說，像主若是歷史上的或當代的名人，他們的性格與身分，多少總知道些，看起來自然有味，也略能批評得失。若只是平凡的人，憑你怎樣像，陳列到畫院裏，怕就少有去理會的。因此，畫家爲維持他們永久的生命計，有時候重視技巧，而將「像」放在第二著。雷諾爾茲與堅士波羅似乎就是這樣的人。他們畫的像，色調鮮明而縹緲。莊嚴的男相，華貴的女相，優美活潑的孩子相，都算登峰造極；可就是不大「像」。堅氏的女像總太瘦；雷氏的不至於那麼瘦，但是像主往往退回他的畫，說太不像。——國家畫院旁有個國家畫像院，專陳列英國歷史上名人的像，文學家，藝術家，科學家，政治家，皇族，應有盡有，約共二千一百五十人。油畫是大宗，排列依著時代。這兒也看見雷堅二氏的作品；但就全體而論，歷史比藝術多的多。

泰特畫院中還藏著詩人勃來克（William Blake,1757-1827）和羅塞蒂（Dante Gabriel Rossetti,1828-1882）的畫。前一位是浪漫詩人的先驅，號稱神秘派。自幼兒想像多，都表現在詩與畫裏。他的圖案非常宏偉；色彩也如火焰，如一飛沖天的翅膀。所畫的人體並不切實，只用作表現姿態，表現動的符號而已。後一位是先拉斐爾派的主角；這一派是詩與畫雙管齊下的。他們不相信「爲藝術的藝術」，而以知識爲重。畫要敘事，要教訓，要接觸民眾的心，讓他們相信美的新觀念；畫筆要細膩，顏色卻不必調和。羅氏作品有著清明的調子，強厚的感情；只是理想雖高，氣韻卻不夠生動似的。當代英國名雕塑家愛勃斯坦（Jacob Epstein）也有幾件東西陳列在這裏。他是新派的浪漫雕塑家。這派人要在形體的部分中去找新的情感力量；那必是不尋常的部分，足以擴展他們自己情感或感覺的經驗的。他們以爲這是美，誇張的表現出來；可是俗人卻覺得人不像人，物不像物，覺得醜，只認爲滑稽畫一類。愛氏雕石頭，但是塑泥似乎更多：塑泥的表面，決不刮光，就讓那麼凸凸凹凹的堆著，要的是這股勁兒。塑完了再倒銅。——他也賣素描，形體色調也是那股浪漫勁兒。

以上只有不列顛博物院的歷史可以追塑到十八世紀；別的都是十九世紀建立的，但歐戰院除外。這些院的建立，固然靠國家的力量，卻也靠私人的捐助——捐錢蓋房子或捐自己的收藏的都有。各院或全不要門票，像不列顛博物院就是的；或一禮拜中兩天要門票，票價也極低。他們印的圖片及專冊，廉價出售，數量驚人。又差不多都有定期的講演，一面講一面領著看；雖然講的未必怎樣精，聽講的也未必怎樣多。這種種全爲了教育民眾，用意是値得我們佩服的。

公園

英國是個尊重自由的國家，從倫敦海德公園（Hyde Park）可以看出。學政治的人一定知道這個名字；近年日報的海外電訊裏也偶然有這個公園出現。每逢星期日下午，各黨各派的人都到這兒來宣傳他們的道理。公說公有理，婆說婆有理，井水不犯河水。從耶穌教到共產黨，差不多樣樣有。每一處說話的總是一個人。他站在桌子上，椅子上，或是別的什麼上，反正在聽眾當中露出那張嘴臉就成；這些桌椅等等可得他們自己預備，公園裏的長椅子是只讓人歇著的。聽的人或多或少。有一回一個講耶穌教的，沒一個人聽，卻還打起精神在講；他盼望來來去去的遊人裏也許有一兩個三四個五六個……愛聽他的，只要有人駐一下腳，他的口舌就算不白費了。

見過一回共產黨示威，演說的東也是，西也是；有的站在大車上，頗有點巍巍然。按說那種馬拉的大車平常不讓進園，這回大約辦了個特許。其中有個女的約莫四十上下，嗓子最大，說的也最長；說的是倫敦土話，凡是開口音，總將嘴張到不能再大的地步，一面用胳膊助勢。說到後來，嗓子沙了，還是一字不苟的喊下去。天快黑了，他們整隊出園喊著口號，標語旗幟也是五光十色的。隊伍兩旁，又高又大的馬巡緩緩跟著，不說話。出的是北門，外面便是熱鬧的牛津街。

北門這裏一片空曠的沙地，最宜於露天演說家，來的最多。也許就在共產黨隊伍走後吧，這裏有人說到中日的事；那時剛過「一二八」不久，他頗為我們抱不平。他又讚美甘地；卻與賈波林相提並論，說賈波林也是爲平民打抱不平的。這一比將聽衆引得笑起來了；不止一個人和他辯論，一位老太太甚至嘀咕著掉頭而去。這個演說的即使不是共產黨，大約也不是「高等」英人吧。公園裏也鬧過一回大事：一八六六年國會改革的暴動（勞工爭選舉權），周圍鐵欄杆毀了半里多路長，警察受傷了二百五十名。

公園周圍滿是鐵欄杆，車門九個，遊人出入的門無數，占地二千二百多畝，繞園九里，是倫敦公園中最大的，來的人也最多。園南北都是鬧市，園中心卻靜靜的。灌木叢裏各色各樣野鳥，清脆的繁碎的語聲，夏天綠草地上，潔白的綿羊的身影，教人像下了鄉，忘記在世界大城裏。那草地一片迷濛的綠，一片芊綿的綠，像水，像煙，像夢；難得的，冬天也這樣。西南角上蜿蜒著一條蛇水，算來也占地三百畝，養著好些水鳥，如蒼鷺之類。可以搖船，游泳；並有救生會，讓下水的人放心大膽。這條水便是雪萊的情人西河女士（Harriet Westbrook）自沉的地方，那是一百二十年前的事了。

南門內有拜倫立像，是五十年前希臘政府捐款造的；又有座古英雄阿契來斯像，是惠靈頓公爵本鄉人造了來紀念他的，用的是十二尊法國炮的銅，到如今卻有一百多年了。還有英國現負盛名的雕塑家愛勃司坦（Epstein）的壁雕，是紀念自然學家赫德生的。一個似乎要飛的人，張著臂，仰著頭，散著髮，有原始的樸拙獷悍之氣，表現的是自然精神的化身；左右四隻鳥在飛，大小旁正都不相同，也有股野勁兒。這件雕刻的價值，引起過許多討論。南門內到蛇水邊一帶遊人最盛。夏季每天上午有銅樂隊演奏；在欄外聽算白饒，進欄得花點票錢，但有椅子坐。遊人自然步行的多，也有跑車的，騎馬的；騎馬的另有一條「馬」路。

這園子本來是鹿苑，在裏面行獵；一六三五年英王查理斯第一才將它開放，作賽馬和競走之用。後來變成決鬥場。一八五一年第一次萬國博覽會開在這裏，用玻璃和鐵搭蓋的會場；閉會後拆了蓋在別處，專作展覽的處所，便是那有名的水晶宮了。蛇水本沒有，只有六個池子；是十八世紀初葉才打通的。

海德公園東南差不多毗連著的，是聖詹姆士公園（St.Jamesr's Park），約有五百六七十畝。本是沮洳的草地，英王亨利第八抽了水，砌了圍牆，改成鹿苑。查理斯第二擴充園址，鋪了路，改爲遊玩的地方；以後一百年裏，便成了倫敦最時髦的散步場。十九世紀初才改造爲現在的公園樣子。有湖，有懸橋；湖裏鵜鶘最多，倚在橋欄上看牠們水裏玩兒，可以消遣日子。周圍是白金罕宮，西寺，國會，各部官署，都是最忙碌的所在；倚在橋欄上的人卻能偷閒賞鑒那西寺和國會的戈昔式尖頂的輪廓，也算福氣了。

海德公園東北有攝政公園，原也是鹿苑；十九世紀初「攝政王」（後為英王喬治第四）才修成現在樣子。也有湖，搖的船最好；坐位下有小輪子，可以進退自如，滾來滾去頂好玩兒的。野鴿子野鳥很多，松鼠也不少。松鼠原是動物園那邊放過來的，只幾對罷了；現在卻繁殖起來了。常見些老頭兒帶著食物到園裏來餵麻雀，鴿子，松鼠。這些小東西和人混熟了，大大方方到人手裏來吃食；看去怪親熱的。別的公園裏也有這種人。這似乎比提鳥籠有意思些。

動物園在攝政園東北犄角上，屬於動物學會，也有了百多年的歷史。搜集最完備，有動物四千，其中哺乳類八百，鳥類二千四百。去逛的據說每年超過二百萬人。不用問孩子們去的一定不少；他們對於動物比成人親近得多，關切得多。只看見教科書上或字典上的彩色動物圖，就夠捉摸的，不用提實在的東西了。就是成人，可不也願意開開眼，看看沒看過的，山裏來的，海裏來的，異域來的，珍禽，奇獸，怪魚？要沒有動物園，或許一輩子和這些東西都見不著面呢。再說像獅子老虎，哪能隨便見面！除非打獵或看馬戲班。但打獵遇著這些，正是拼死活的時候，哪裡來得及玩味牠們的生活狀態？馬戲班裏的呢，也只表演些扭捏的玩藝兒，時候又短，又隔得老遠的；哪有動物園裏的自然，得看？這還只說的好奇的人；藝術家更可仔細觀察研究，成功新創作，如畫和雕塑，十九世紀以來，用動物爲題材的便不少。近些年電影裏的動物趣味，想來也是這麼培養出來的；不過那卻非動物園所可限了。

倫敦人對動物園的趣味很大，有的報館專派有動物園的訪員，給園中動物作起居注，並報告新來到的東西；他們的通信有些地方就像童話一樣。去動物園的人最樂意看餵食的時候，也便是動物和人最親近的時候。餵食有時得用外交手腕，譬如魚池吧，若隨手將食撒下去，讓大家來搶，游得快的，厲害的，不用說占了便宜，剩下的便該活活餓死了。這當然不公道，那一視同仁的管理人一定不願意的。他得想法子，比方說，分批來餵，那些快的，厲害的，吃完了，便用網將牠們攔在一邊，再照料別的。各種動物餵食都有一定鐘點，著名的裴歹克《倫敦指南》便有一節專記這個。孩子們最樂意的還有騎象，騎駱駝（駱駝在倫敦也算異域珍奇）。再有，遊客若能和管理各動物的工人攀談攀談，他們會親切地講這個那個動物的故事給你聽，像傳記的片段一般；那時你再去看他說的那些東西，便更有意思了。

園裏最好玩兒的事，黑猩猩茶會，白熊洗澡。茶會夏天每日下午五點半舉行，有茶，有牛油麵包。牠們會用兩隻前足，學人的樣子。有時「生手」加入，卻往往只用一隻前足，牛油也是它來，麵包也是它來；這種雖是天然，看的人倒好笑了。白熊就是北極熊，從冰天雪地裏來，卻最喜歡夏天；越熱越高興，赤日炎炎的中午，牠們能整個兒躺在太陽裏。也愛下水洗澡，身上老是雪白。牠們待在熊臺上，有深溝爲界；臺旁有池，洗澡便在池裏。池的一邊，隔著一層玻璃可以看牠們載浮載沉的姿勢。但是一冷到華氏表五十度下，就不肯下水，身上的白雪也便慢慢讓塵土封上了。

非洲南部的企鵝也是人們特別樂意看的。牠有一歲半嬰孩這麼大，不會飛，會下水，黑翅膀，灰色胸脯子挺得高高的，昂首緩步，旁若無人。牠的特別處就在乎直立著。比鵝大不多少，比鴕鳥，鶴，小得多，可是一直立就有人氣，便當另眼相看了。自然，別的鳥也有直立著的，可是太小了，說不上。企鵝又拙得好，現代裝飾圖案有用牠的。只是不耐冷，一到冬天，便沒精打采的了。

魚房鳥房也特別值得看。魚房分淡水房海水房熱帶房（也是淡水）。屋內黑洞洞的，壁上嵌著一排鏡框似的玻璃，橫長方。每框裏一種魚，在水裏游來游去，都用電燈光照著，像畫。鳥房有兩處，熱帶房裏顏色聲音最豐富，最新鮮；有種上截脆藍下截褐紅的小鳥，不住地飛上飛下，不住地咕咕呱呱，怪可憐見的。

這個動物園各部分空氣光線都不錯，又有冷室溫室，給動物很周到的設計。只是才二百畝地，實在旋展不開，小東西還罷了，像獅子老虎老是關在屋裏，未免委屈英雄，就是白熊等物雖有特備的臺子，還是局蹐得很；這與鳥籠子也就差得有限了。固然，讓這些動物完全自由，那就無所謂動物園；可是若能給牠們較大的自由，讓牠們活得比較自然些，看的人豈不更得看些。所以一九二七年上，動物學會又在倫敦西北惠勃司奈得（Whipsnade，Bedfordshire）地方成立了一所動物園，有三千多畝；據說，那些龐然大物自如多了，遊人看起來也痛快多了。

以上幾個園子都在市內，都在泰晤士河北。河南偏西有個大大有名的邱園（Kew Gardens）。卻在市外了。邱園正名「王家植物園」，世界最重要，最美麗的植物園之一；大一千七百五十畝，栽培的植物在二萬四千種以上。這園子現在歸農部所管，原也是王室的產業，一八四一年捐給國家；從此起手研究經濟植物學和園藝學，便漸漸著名了。他們編印大英帝國植物志。又移種有用的新植物於帝國境內——如西印度群島的波羅蜜，印度的金雞納霜，都是他們介紹進去的。園中博物院四所；第一所經濟植物學博物院設於一八四八，是歐洲最早的一個。但是外行人只能賞識花木風景而已。水仙花最多，四月尾有所謂「水仙花禮拜日」，遊人盛極。溫室裏奇異的花也不少。園裏有什麼好花正開著，門口通告牌上逐日都列著表。暖氣室最大，分三部：喜馬拉耶室養著石楠和山茶，中國石楠也有，小些；中部正面安排著些大鳳尾樹和棕櫚樹；鳳尾樹真大，得仰起脖子看，伸開兩胳膊還不夠它寬的。周圍繞著些時花與灌木之類。另一部是墨西哥室，似乎沒有什麼特別的東西。

東南角上一座塔，可不能上；十層，一百五十五尺，造於十八世紀中，那正是中國文化流行歐洲的時候，也許是中國的影響吧。據說還有座小小的孔子廟，但找了半天，沒找著。不遠兒倒有座彩繪的日本牌坊，所謂「敕使門」的，那卻造了不過二十年。從塔下到一個人工的湖有一條柏樹甬道，也有森森之意；可惜樹太細瘦，比起我們中山公園，真是小巫見大巫了。所謂「竹園」更可憐，又不多，又不大，也不秀，還趕不上西山大悲庵那些。

加爾東尼市場

在北平住下來的人，總知道逛廟會逛小市的趣味。你來回蹀著，這兒看看，那兒站站；有中意的東西，磋磨磋磨價錢，買點兒回去讓人一看，說真好；再提價錢，說那有這麼巧的。你這一樂，可沒白辛苦一趟！要什麼都沒買成，那也不礙；就憑看中的一兩件三四件東西，也夠你講講說說的。再說在市上留連一會子，到底過了「蘑菇」的癮，還有什麼抱怨的？

倫敦人紛紛上加爾東尼市場（Caldonian Market），也正是這股勁兒。房東太太客廳裏爐臺兒上放著一個手榴彈殼，是盛煙灰用的。比甜瓜小一點，面上擦得精亮，方方的小塊兒，界著又粗又深的黑道兒，就是蠻得好，傻得好。房東太太說還是她家先生在世時逛加爾東尼市場買回來的。她說這個市場賣舊貨，可以還價，花樣不少，有些是偷來的，倒也有好東西；去的人可真多。市場只在星期二星期五上午十時至下午四時開放，有些像廟會；市場外另有幾家舊書舊貨鋪子，卻似乎常做買賣，又有些像小市。

先到外頭一家舊書鋪。沒窗沒門。仰面灰蓬蓬的，土地，剛下完雨，門口還積著個小小水潭兒。從亂書堆中間進去，一看倒也分門別類的。「文學」在裏間，空氣變了味，撲鼻子一陣陣的——到如今三年了，不忘記，可也叫不出什麼味。《聖經》最多，整整一箱子。不相干的小說左一堆右一堆；卻也挑出了一本莎翁全集，幾本正正經經詩選。莎翁全集當然是普通本子，可是只花了九便士，才合五六毛錢。鋪子裏還賣舊話匣片子，不住地開著讓人聽，三五個男女夥計穿梭似地張羅著。別幾家鋪子沒進去，外邊瞧了瞧，也一團灰土氣。

市場門口有小牌子寫著開放日期，又有一塊寫著「謹防扒手」——倫敦別處倒沒見過這玩意兒。地面大小和北平東安市場差不多，一半帶屋頂，一半露天；乾淨整齊，卻遠不如東安市場。滿是攤兒，屋裏沒有地攤兒，露天裏有。

擺攤兒的，男女老少，色色俱全；還有纏著頭的印度人。賣的是日用什物，布匹，小擺設；花樣也不怎樣多，多一半古舊過了頭。有幾件日本瓷器，中國貨色卻不見。也有賣吃的，賣雜耍的。踱了半天，看見一個銅獅子鎮紙，夠重的，獅子頗有點威武；要價三先令（二元餘），還了一先令，沒買成。快散了，卻瞥見地下大大的厚厚的一本冊子，拿起來翻著，原來是書紙店裏私家賀年片的樣本。這些舊賀年片雖是廢物，卻印得很好看，又各不相同；問價錢才四便士，合兩毛多，便馬上買了。出門時又買了個擦皮鞋的絨卷兒，也賤——到現在還用著。這時正愁大冊子夾著不便，抬頭卻見面前立著個賣硬紙口袋的，大小都有，買了東西的人，大概全得買上那麼一只；這當口門外沿路一直到大街上，挨挨擦擦的，差不離盡是提紙口袋的。——我口袋裏那冊賀年片樣本，回國來讓太太小姐孩子們瞧，都愛不釋手；讓她們猜價兒，至少說四元錢。我忍不住要想，逛那麼一趟加爾東尼，也算值得了。

吃的

提到歐洲的吃喝，誰總會想到巴黎，倫敦是算不上的。不用說別的，就說煎山藥蛋吧。法國的切成小骨牌塊兒，黃爭爭的，油汪汪的，香噴噴的；英國的「條兒」（chips）卻半黃半黑，不冷不熱，乾乾兒的什麼味也沒有，只可以當飽罷了。再說英國飯吃來吃去，主菜無非是煎炸牛肉排羊排骨，配上兩樣素菜；記得在一個人家住過四個月，只吃過一回煎小牛肝兒，算是新花樣。可是菜做得簡單，也有好處；材料壞容易見出，像大陸上廚子將壞東西做成好樣子，在英國是不會的。大約他們自己也覺著膩味，所以一九二六那一年有一位華衣脫女士（E・White）組織了一個英國民間烹調社，搜求各市各鄉的食譜，想給英國菜換點兒花樣，讓它好吃些。一九三一年十二月烹調社開了一回晚餐會，從十八世紀以來的食譜中選了五樣菜（湯和點心在內），據說是又好吃，又不費事。這時候正是英國的國貨年，所以報紙上頗為揄揚一番。可是，現在歐洲的風氣，吃飯要少要快，那些陳年的老古董，怕總有些不合時宜吧。

吃飯要快，為的忙，歐洲人不能像咱們那樣慢條斯理兒的，大家知道。幹嗎要少呢？為的衛生，固然不錯，還有別的：女的男的都怕胖。女的怕胖，胖了難看；男的也愛那股標勁兒，要像個運動家。這個自然說的是中年人少年人；老頭子挺著個大肚子的卻有的是。歐洲人一日三餐，分量頗不一樣。像德國，早晨只有咖啡麵包，晚間常冷食，只有午飯重些。法國早晨是咖啡，月芽餅，午飯晚飯似乎一般分量。英國卻早晚飯並重，午飯輕些。英國講究早飯，和我國成都等處一樣。有麥粥，火腿蛋，麵包，茶，有時還有薰鹹魚，果子。午飯頂簡單的，可以只吃一塊烤麵包，一杯咖啡；有些小飯店裏出賣午飯盒子，是些冷魚冷肉之類，卻沒有賣晚飯盒子的。

倫敦頭等飯店總是法國菜，二等的有義大利菜，法國菜，瑞士菜之分；舊城館子和茶飯店等才是本國味道。茶飯店與煎炸店其實都是小飯店的別稱。茶飯店的「飯」原指的午飯，可是賣的東西並不簡單，吃晚飯滿成；煎炸店除了煎炸牛肉排羊排骨之外，也賣別的。頭等飯店沒去過，義大利的館子卻去過兩家。一家在牛津街，規模很不小，晚飯時有女雜耍和跳舞。只記得那回第一道菜是生蠔之類；一種特製的盤子，邊上圍著七八個圓格子，每格放半個生蠔，吃起來很雅相。另一家在由斯敦路，也是個熱鬧地方。這家卻小小的，通心細粉做得最好；將粉切成半分來長的小圈兒，用黃油煎熟了，平鋪在盤兒裏，灑上乾酪（計司）粉，輕鬆鮮美，妙不可言。還有炸「搦氣蠔」，鮮嫩清香，蝤蛑，瑤柱，都不能及；只有寧波的蠣黃彷彿近之。

茶飯店便宜的有三家：拉衣恩司（Lyons），快車奶房，ABC麵包房。每家都開了許多店子，遍布市內外；ABC比較少些，也貴些，拉衣恩司最多。快車奶房炸小牛肉小牛肝和紅燒鴨塊都還可口；他們燒鴨塊用木炭火，所以頗有中國風味。ABC炸牛肝也可吃，但火急肝老，總差點兒事；點心烤得卻好，有幾件比得上北平法國麵包房。拉衣恩司似乎沒甚麼出色的東西；但他家有兩處「角店」，都在鬧市轉角處，那裏卻有好吃的。角店一是上下兩大間，一是三層三大間，都可容一千五百人左右；晚上有樂隊奏樂。一進去只見黑壓壓的坐滿了人，過道處窄得可以，但是氣象頗爲闊大（有個英國學生譏為「窮人的宮殿」，也許不錯）；在那裏往往找了半天站了半天才等著空位子。

這三家所有的店子都用女侍者，只有兩處角店裏卻用了些男侍者——男侍者工錢貴些。男女侍者都穿了黑制服，女的更戴上白帽子，分層招待客人。也只有在角店裏才要給點小費（雖然門上標明「無小費」字樣），別處這三家開的鋪子裏都不用給的。曾去過一處角店，烤雞做得還入味；但是一隻雞腿就合中國一元五角，若吃雞翅還要貴點兒。茶飯店有時備著骨牌等等，供客人消遣，可是向侍者要了玩的極少；客人多的地方，老是有人等位子，乾脆就用不著備了。此外還有一些生蠔店，專吃生蠔，不便宜；一位房東太太告訴我說「不衛生」，但是吃的人也不見少。吃生蠔卻不宜在夏天，所以英國人說月名中沒有「R」（五六七八月），生蠔就不當令了。倫敦中國飯店也有七八家，貴賤差得很大，看地方而定。菜雖也有些高低，可都是變相的廣東味兒，遠不如上海新雅好。在一家廣東樓要過一碗雞肉餛飩，合中國一元六角，也夠貴了。

茶飯店裏可以吃到一種甜燒餅（muffin）和窩兒餅（crumpet）。甜燒餅彷彿我們的火燒，但是沒餡兒，軟軟的，略有甜味，好像摻了米粉做的。窩兒餅麵上有好些小窩窩兒，像蜂房，比較地薄，也像摻了米粉。這兩樣大約都是法國來的；但甜燒餅來的早，至少二百年前就有了。廚師多住在祝來巷（Drury Lane），就是那著名的戲園子的地方；從前用盤子頂在頭上賣，手裏搖著鈴子。那時節人家都愛吃，買了來，多多抹上黃油，在客廳或飯廳壁爐上烤得熱辣辣的，讓油都浸進去，一口咬下來，要不沾到兩邊口角上。這種偷閒的生活是很有意思的。但是後來的窩兒餅浸油更容易，更香，又不太厚，太軟，有咬嚼些，樣式也頗俏；人們漸漸地喜歡它，就少買那甜燒餅了。一位女士看了這種光景，心下難過；便寫信給《泰晤士報》，爲甜燒餅抱不平。《泰晤士報》特地做了一篇小社論，勸人吃甜燒餅以存古風；但對於那位女士所說的窩兒餅的壞話，卻寧願存而不論，大約那論者也是愛吃窩兒餅的。

復活節（三月）時候，人家吃煎餅（pancake），茶飯店裏也賣；這原是懺悔節（二月底）懺悔人晚飯後去教堂之前吃了好熬餓的，現在卻在早晨吃了。餅薄而脆，微甜。北平中原公司賣的「胖開克」（煎餅的音譯）卻未免太「胖」，而且軟了。——說到煎餅，想起一件事來：美國麻省勃克夏地方（Berkshire Country）有「吃煎餅競爭」的風俗，據《泰晤士報》說，一九三二的優勝者一氣吃下四十二張餅，還有臘腸熱咖啡。這可算「真正大肚皮」了。

英國人每日下午四時半左右要喝一回茶，就著烤麵包黃油。請茶會時，自然還有別的，如火腿夾麵包，生豌豆苗夾麵包，茶饅頭（tea scone）等等。他們很看重下午茶，幾乎必不可少。又可乘此請客，比請晚飯簡便省錢得多。英國人喜歡喝茶，對於喝咖啡，和法國人相反；他們也煮不好咖啡。喝的茶現在多半是印度茶；茶飯店裏雖賣中國茶，但是主顧寥寥。不讓利權外溢固然也有關係，可是不利於中國茶的宣傳（如說制時不乾淨）和茶味太淡才是主要原因。印度茶色濃味苦，加上牛奶和糖正合式；中國紅茶不夠勁兒，可是香氣好。奇怪的是茶飯店裏賣的，色香味都淡得沒影子。那樣茶怎麼會運出去，真莫名其妙。

街上偶然會碰著提著筐子賣落花生的（巴黎也有），推著四輪車賣炒栗子的，教人有故國之思。花生栗子都裝好一小口袋一小口袋的，栗子車上有炭爐子，一面炒，一面裝，一面賣。這些小本經紀在倫敦街上也頗古色古香，點綴一氣。栗子是乾炒，與我們「糖炒」的差得太多了。——英國人吃飯時也有乾果，如核桃，榛子，榧子，還有巴西烏菱（原名Brazils，巴西出產，中國通稱「美國烏菱」），烏菱實大而肥，香脆爽口，運到中國的太乾，便不大好。他們專有一種乾果夾，像鉗子，將乾果夾進去，使勁一握夾子柄，「格」的一聲，皮殼碎裂，有些蹦到遠處，也好玩兒的。蘇州有瓜子夾，像剪刀，卻只透著玲瓏小巧，用不上勁兒去。

「外國也有乞丐」，是的；但他們的丐道或丐術不大一樣。近些年在上海常見的，馬路旁水門汀上用粉筆寫著一大堆困難情形，求人幫助，粉筆字一邊就坐著那寫字的人，——北平也見過這種乞丐，但路旁沒有水門汀，便只能寫在紙上或布上——卻和外國乞丐相像；這辦法不知是「來路貨」呢，還是「此心同，此理同」呢？

倫敦乞丐在路旁畫畫的多，寫字的卻少。只在特拉伐加方場附近見過一個長鬚老者（外國長鬚的不多），在水門汀上端坐著，面前幾行潦草的白粉字。說自己是大學出身，現在一寒至此，大學又有何用，這幾句牢騷話似乎頗打動了一些來來往往的人，加上老者那炯炯的雙眼，不露半星兒可憐相，也教人有點肅然。他右首放著一只小提箱，打開了，預備人往裏扔錢。那地方本是四通八達的鬧市，扔錢的果然不少。箱子內外都撒的銅子兒（便士）；別的乞丐卻似乎沒有這麼好的運氣。

畫畫的大半用各色粉筆，也有用顏料的。見到的有三種花樣。或雙鉤To Live（求生）二字，每一個字母約一英尺見方，在雙鉤的輪廓裏精細地作畫。字母整齊勻淨，通體一筆不苟。或雙鉤Good Luck（好運）二字，也有只用Luck（運氣）一字的。——「求生」是自道；「好運」「運氣」是爲過客頌禱之辭。或畫著四五方風景，每方大小也在一英尺左右。通常畫者坐在畫的一頭，那一頭將他那舊帽子翻過來放著，銅子兒就扔在裏面。

這些畫丐有些在藝術學校受過正式訓練，有些平日愛畫兩筆，算是「玩藝兒」。到沒了落兒，便只好在水門汀上動起手來了。一九三二年五月十日，這些人還來了一回展覽會。那天的晚報（The Evening News）上選印了幾幅，有兩幅是彩繡的。繡的人諢名「牛津街開特爾老大」，拳亂時做水手，來過中國，他還記得那時情形。這兩幅畫繡在帆布（畫布）上，每幅下了八萬針。他繡過英王愛德華像，據說頗為當今王后所賞識；那是他生平最得意的時候。現在卻只在牛津街上浪蕩著。

晚報上還記著一個人。他在雜戲館（Halls）幹過三十五年，名字常大書在海報上。三年前還領了一個雜戲班子遊行各處，他扮演主要的角色。英倫三島的城市都到過；大陸上到過百來處，美國也到過十來處。也認識賈波林。可是時運不濟，「老倫敦」卻沒一個子兒。他想起從前朋友們說過靜物寫生多麼有意思，自己也曾學著玩兒；到了此時，說不得只好憑著這點「玩藝兒」在泰晤士河長堤上混混了。但是他怕認得他的人太多，老是背向著路中，用大帽檐遮了臉兒。他說在水門汀上作畫頗不容易；最怕下雨，幾分鐘的雨也許毀了整天的工作。他說總想有朝一日再到戲臺上去。

畫丐外有樂丐。牛津街見過一個，開著話匣子，似乎是坐在三輪自行車上；記得頗有些堂哉皇也的神氣。復活節星期五在冷街中卻見過一群，似乎一人推著風琴，一人按著，一人高唱《頌聖歌》——那推琴的也和著。這群人樣子卻就狼狽了。據說話匣子等等都是賃來；他們大概總有得賺的。另一條冷街上見過一個男的帶著兩個女的，穿著得像剛從垃圾堆裏出來似的。一個女的還抹著胭脂，簡直是一塊塊紅土！男的奏樂，女的亂七八糟的跳舞，在剛下完雨泥滑滑的馬路上。這種女乞丐像很少。又見過一個拉小提琴的人，似乎很年輕，很文雅，向著步道上的過客站著。右手本來抱著個小猴兒；拉琴時先把牠抱在左肩頭蹲著。拉了沒幾弓子，猴兒尿了；他只若無其事，讓衣服上淋淋漓漓的。

牛津街上還見過一個，那真狼狽不堪。他大概賃話匣子等等的力量都沒有；只找了塊板兒，三四尺長，五六寸寬，上面安上條弦子，用只玻璃水杯將弦子繃起來。把板兒放在街沿下，便蹲著，兩隻手穿梭般彈奏著。那是明燈初上的時候，步道上人川流不息；一雙雙腳從他身邊匆匆的跨過去，看見他的似乎不多。街上汽車聲腳步聲談話聲混成一片，他那獨弦的細聲細氣，怕也不容易讓人聽見。可是他還是埋著頭彈他那一手。

幾年前一個朋友還見過背誦迭更斯小說的。大家正在戲園門口排著班等買票；這個人在旁背起《塊肉餘生述》來，一邊念，一邊還做著。這該能夠多找幾個子兒，因爲比那些話匣子等等該有趣些。

警察禁止空手空口的乞丐，乞丐便都得變做賣藝人。若是無藝可賣，手裏也得拿點東西，如火柴皮鞋帶之類。路角落裏常有男人或女人拿著這類東西默默站著，臉上大都是黯淡的。其實賣藝，賣物，大半也是幌子；不過到底教人知道自尊些，不許不做事白討錢。只有瞎子，可以白討錢。他們站著或坐著；胸前有時掛一面紙牌子，寫著「盲人」。又有一種人，在乞丐非乞丐之間。有一回找一家雜耍場不著，請教路角上一個老者。他殷勤領著走，一面說剛失業，沒錢花，要我幫個忙兒。給了五個便士（約合中國三毛錢），算是酬勞，他還爭呢。其實只有二三百步路罷了。跟著走，訴苦，白討錢的，只遇著一次；那裏街燈很暗，沒有警察，路上人也少，我又是外國人，他所以厚了臉皮，放了膽子——他自然不是瞎子。

聖誕節

十二月二十五日聖誕節。英國人過聖誕節，好像我們舊曆年的味兒。習俗上宗教上，這一日簡直就是「元旦」；據說七世紀時便已如此，十四世紀至十八世紀中葉，雖然將「元旦」改到三月二十五日，但是以後情形又照舊了。至於一月一日，不過名義上的歲首，他們向來是不大看重的。

這年頭人們行樂的機會越過越多，不在乎等到逢年過節；所以年情節景一回回地淡下去，像從前那樣熱狂地期待著，熱狂地受用著的事情，怕只在老年人的回憶，小孩子的想像中存在著罷了。大都市裡特別是這樣；在上海就看得出，不用說更繁華的倫敦了。再說這種不景氣的日子，誰還有心腸認真找樂兒?所以雖然聖誕節，大家也只點綴點綴，應個景兒罷了。

可是郵差卻忙壞了，成千成萬的賀片經過他們的手。賀片之外還有月份牌。這種月份牌一點兒大，裝在卡片上，也有畫，也有吉語。花樣也不少，卻比賀片差遠了。賀片分兩種，一種填上姓名，一種印上姓名。交遊廣的用後一種，自然貴些；據說前些年也得勾心鬥角地出花樣，這一年卻多半簡簡單單的，爲的好省些錢。前一種卻不同，各家書紙店得搶買主，所以花色比以先還多些。不過據說也沒有十二分新鮮出奇的樣子，這個究竟只是應景的玩意兒呀。但是在一個外國人眼裏，五光十色，也就夠瞧的。曾經到舊城一家大書紙店裏看過，樣本厚厚的四大冊，足有三千種之多。

樣本開頭是皇家賀片：英王的是聖保羅堂圖；王后的內外兩幅畫，其一是花園圖；威爾士親王的是候人圖；約克公爵夫婦的是一六六〇年聖詹姆士公園冰戲圖；馬利公主的是行獵圖。聖保羅堂莊嚴宏大，下臨倫敦城；園裏的花透著上帝的微笑；候人比喻好運氣和歡樂在人生的大道上等著你；聖詹姆士公園（在聖詹姆士宮南）代表宮廷，溜冰和行獵代表英國人運動的嗜好。那幅溜冰圖古色古香，而且十足神氣。這些賀片原樣很大，也有小號的，誰都可以買來填上自己名字寄給人。此外有全金色的，晶瑩照眼；有「蝴蝶翅」的，閃閃的寶藍光；有雕空嵌花紗的，玲瓏剔透，如嚼冰雪。又有羊皮紙仿四折本的；嵌銅片小風車的；嵌彩玻璃片聖母像的；嵌剪紙的鳥的；在貓頭鷹頭上黏羊毛的：都爲的教人有實體感。

太太們也忙得可以的，張羅著親戚朋友丈夫孩子的禮物，張羅著裝飾屋子，聖誕樹，火雞等等。節前一個禮拜，每天電燈初亮時上牛津街一帶去看，步道上挨肩擦背匆匆來往的滿是辦年貨的；不用說是太太們多。裝飾屋子有兩件東西不可沒有，便是冬青和「蘋果寄生」（mistletoe）的枝子。前者教堂裏也用；後者卻只用在人家裏；大都插在高處。冬青取其青，有時還帶著小紅果兒；用以裝飾聖誕節，由來已久，有人疑心是基督教徒從羅馬風俗裏撿來的。「蘋果寄生」帶著白色小漿果兒，卻是英國土俗，至晚十七世紀初就用它了。從前在它底下，少年男人可以和任何女子接吻；但接吻後他得摘掉一粒果子。果子摘完了，就不准再在下面接吻了。

聖誕樹也有種種裝飾，樹上掛著給孩子們的禮物，裝飾的繁簡大約看人家的情形。我在朋友的房東太太家看見的只是小小一株；據說從烏爾烏斯三六公司（貨價只有三便士六便士兩碼）買來，才六便士，合四五毛錢。可是放在餐桌上，青青的，的里瓜拉掛著些耀眼的玻璃球兒，繞著樹更安排些「哀斯基摩人」一類小玩意，也熱熱鬧鬧地湊趣兒。聖誕樹的風俗是從德國來的；德國也許是從斯堪第那維亞傳下來的。斯堪第那維亞神話裏有所謂世界樹，叫做「乙格抓西兒」（Yggdrasil），用根和枝子聯繫著天地幽冥三界。這是株枯樹，可是滴著蜜。根下是諸德之泉；樹中間坐著一隻鷹，一隻松鼠，四隻公鹿；根旁一條毒蛇，老是啃著根。松鼠上下竄，在頂上的鷹與聰敏的毒蛇之間挑撥是非。樹震動不得，震動了，地底下的妖魔便會起來搗亂。想著這段神話，現在的聖誕樹真是更顯得溫暖可親了。聖誕樹和那些冬青，「蘋果寄生」，到了來年六日一齊燒去；燒的時候，在場的都動手，爲的是分點兒福氣。

聖誕節的晚上，在朋友的房東太太家裏。照例該吃火雞，酸梅布丁；那位房東太太手頭頗窘，卻還賣了幾件舊傢俱，買了一隻二十二磅重的大火雞來過節。可惜女僕不小心，烤枯了一點兒；老太太自個兒嘮叨了幾句，大節下，也就算了。可是火雞味道也並不怎樣特別似的。吃飯時候，大家一面扔紙球，一面扯花炮——兩個人扯，有時只響一下，有時還夾著小紙片兒，多半是帶著「愛」字兒的吉語。飯後做遊戲，有音樂椅子（椅子數目比人少一個；樂聲止時，眾人搶著坐），掩目吹蠟燭，抓瞎，搶人（分隊），搶氣球等等，大家居然一團孩子氣。最後還有跳舞。這一晚過去，第二天差不多什麼都照舊了。

新年大家若無其事地過去；有些舊人家願意上午第一個進門的是個頭髮深，氣色黑些的人，說這樣人帶進新年是吉利的。朋友的房東太太那早晨特意通電話請一家熟買賣的掌櫃上她家去；他正是這樣的人。新年也賣曆本；人家常用的是老摩爾曆本（Old Moorer's Almanack），書紙店裏買，價錢，只兩便士。這一年的，面上印著「喬治王陛下登極第二十三年」；有一塊小圖，畫著日月星地球，地球外一個圈兒，畫著黃道十二宮的像，如「白羊」「金牛」「雙子」等。古來星座的名字，取像於人物，也另有風味。曆本前有一整幅觀像圖，題道，「將來怎樣？」「老摩爾告訴你」。從圖中看，老摩爾創於一千七百年，到現在已經二百多年了。每月一面，上欄可以說是「推背圖」，但沒有神秘氣；下欄分日數，星期，大事記，日出沒時間，月出沒時間，倫敦潮汛，時事預測各項。此外還有月盈缺表，各港潮汛表，行星運行表，三島集期表，郵政章程，大路規則，做點心法，養家禽法，家事常識。廣告也不少，賣丸藥的最多，滿是給太太們預備的；因爲這種曆本原是給太太們預備的。

房東太太

歇卜士太太（Mrs.Hibbs）沒有來過中國，也並不怎樣喜歡中國，可是我們看，她有中國那老味兒。她說人家笑她母女是維多利亞時代的人，那是老古板的意思；但她承認她們是的，她不在乎這個。

真的，聖誕節下午到了她那間黯淡的飯廳裏，那傢俱，那人物，那談話，都是古氣盎然，不像在現代。這時候她還住在倫敦北郊芬乞來路（Finchley Road）。那是一條闊人家的路；可是她的房子已經抵押滿期，經理人已經在她門口路邊上立了一座木牌，標價招買，不過半年多還沒人過問罷了。那座木牌，和籃球架子差不多大，只是低些；一走到門前，準看見。晚餐桌上，聽見廚房裏尖叫了一聲，她忙去看了，回來說，火雞烤枯了一點，可惜，二十二磅重，還是賣了幾件傢俱買的呢。她可惜的是火雞，倒不是傢俱；但我們一點沒吃著那烤枯了的地方。

她愛說話，也會說話，一開口滔滔不絕；押房子，賣傢俱等等，都會告訴你。但是只高高興興地告訴你，至少也平平淡淡地告訴你，決不垂頭喪氣，決不唉聲嘆氣。她說話是個趣味，我們聽話也是個趣味（**在她的話裏，她死了的丈夫和兒子都是活的，她的一些住客也是活的**）；所以後來雖然聽了四個多月，倒並不覺得厭倦。有一回早餐時候，她說有一首詩，忘記是誰的，可以作她的墓銘，詩云：

這兒一個可憐的女人，
她在世永沒有住過嘴。
上帝說她會復活，
我們希望她永不會。

其實我們倒是希望她會的。

道地的賢妻良母，她是；這裏可以看見中國那老味兒。她原是個闊小姐，從小送到比利時受教育，學法文，學鋼琴。鋼琴大約還熟，法文可生疏了。她說街上如有法國人向她問話，她想起答話的時候，那人怕已經拐了彎兒了。結婚時得著她姑母一大筆遺產；靠著這筆遺產，她支持了這個家庭二十多年。歇卜士先生在劍橋大學畢業，一心想作詩人，成天住在雲裏霧裏。他二十年只在家裏待著，偶然教幾個學生。他的詩送到劍橋的刊物上去，原稿卻寄回了，附著一封客氣的信。他又自己花錢印了一小本詩集，封面上注明，希望出版家採納印行，但是並沒有什麼回響。太太常勸先生刪詩行，譬如說，四行中可以刪去三行罷；但是他不肯割愛，於是乎只好敝帚自珍了。

歇卜士先生卻會說好幾國話。大戰後太太帶了先生小姐，還有一個朋友去逛義大利；住旅館雇船等等，全交給詩人的先生辦，因爲他會說義大利話。幸而沒出錯兒。臨上火車，到了月臺上，他卻不見了。眼見車就要開了，太太這一急非同小可，又不會說給別人，只好教小姐去張看，卻不許她遠走。好容易先生鑽出來了，從從容容的，原來他上「更衣室」來著。

太太最傷心她的兒子。他也是大學生，長的一表人才。大戰時去從軍；訓練的時候偶然回家，非常愛惜那莊嚴的制服，從不教它有一個折兒。大戰快完的時候，卻來了惡消息，他盡了他的職務了。太太最傷心的是這個時候的這種消息，她在舉世慶祝休戰聲中，迷迷糊糊過了好些日子。後來逛義大利，便是解悶兒去的。她那時甚至於該領的恤金，無心也不忍去領——等到限期已過，即使要領，可也不成了。

小姐現在是她唯一的親人；她就爲這個女孩子活著。早晨一塊兒拾掇拾掇屋子，吃完了早飯，一塊兒上街散步，回來便坐在飯廳裏，說說話，看看通俗小說，就過了一天。晚上睡在一屋裏。一星期也同出去看一兩回電影。小姐大約有二十四五了，高個兒，總在五英尺十寸左右；蟹殼臉，露牙齒，臉上倒是和和氣氣的。愛笑，說話也天真得像個十二三歲小姑娘。先生死後，他的學生愛利斯（Ellis）很愛歇卜士太太，幾次想和她結婚，她不肯。愛利斯是個傳記家，有點小名氣。那回詩人德拉梅在倫敦大學院講文學的創造，曾經提到他的書。他很高興，在歇卜士太太晚餐桌上特意說起這個。但是太太說他的書乾燥無味，他送來，她們只翻了三五頁就擱在一邊兒了。她說最恨貓怕狗，連書上印的狗都怕，愛利斯卻養著一大堆。她女兒最愛電影，愛利斯卻瞧不起電影。她的不嫁，怎麼窮也不嫁，一半爲了女兒。

這房子招徠住客，遠在歇卜士先生在世時候。那時只收一個人，每日供早晚兩餐，連宿費每星期五鎊錢，合八九十元，夠貴的。廣告登出了，第一個來的是日本人，他們答應下了。第二天又來了個西班牙人，卻只好謝絕了。從此住這所房的總是日本人多；先生死了，住客多了，後來竟有「日本房」的名字。這些日本人有一兩個在外邊有女人，有一個還讓女人騙了，他們都回來在飯桌上報告，太太也同情的聽著。有一回，一個人忽然在飯桌上談論自由戀愛，而且似乎是衝著小姐說的。這一來太太可動了氣。飯後就告訴那個人，請他另外找房住。這個人走了，可是日本人有個俱樂部，他大約在俱樂部裏報告了些什麼，以後日本人來住的便越過越少了。房間老是空著，太太的積蓄早完了；還只能在房子上打主意，這才抵押了出去。那時自然盼望贖回來，可是日子一天一天過去，情形並不見好。房子終於標賣，而且聖誕節後不久，便賣給一個猶太人了。她想著年頭不景氣，房子且沒人要呢，那知猶太人到底有錢，竟要了去，經理人限期讓房。快到期了，她直說來不及。經理人又向法院告訴，法院出傳票教她去。她去了，女兒攙扶著；她從來沒上過堂，法官說欠錢不讓房，是要坐牢的。她又氣又怕，幾乎昏倒在堂上；結果只得答應了加緊找房。這種種也都是爲了女兒，她可一點兒不悔。

她家裏先後也住過一個義大利人，一個西班牙人，都和小姐做過愛；那西班牙人並且和小姐定過婚，後來不知怎樣解了約。小姐倒還惦著他，說是「身架真好看！」太太卻說，「那是個壞傢伙！」後來似乎還有個「壞傢伙」，那是太太搬到金樹臺的房子裏才來住的。他是英國人，叫凱德，四十多了。先是作公司兜售員，沿門兜售電氣掃除器為生。有一天撞到太太舊宅裏去了，他要表演掃除器給太太看，太太攔住他，說不必，她沒有錢；她正要賣一批傢俱，老賣不出去，煩著呢。凱德說可以介紹一家公司來買；那一晚太太很高興，想著他定是個大學畢業生。沒兩天，果然介紹了一家公司，將傢俱買去了。他本來住在他姊姊家，卻搬到太太家來了。他沒有薪水，全靠兜售的傭金；而電氣掃除器那東西價錢很大，不容易脫手。所以便乾擱起來了。這個人只是個買賣人，不是大學畢業生。大約窮了不止一天，他有個太太，在法國給人家看孩子，沒錢，接不回來；住在姊姊家，也因為窮，讓人家給請出來了。搬到金樹臺來，起初整付了一回房飯錢，後來便零碎的半欠半付，後來索性付不出了。不但不付錢，有時連午飯也要叨光。如是者兩個多月，太太只得將他趕了出去。回國後接著太太的信，才知道小姐卻有點喜歡凱德這個「壞蛋」，大約還跟他來往著。太太最擔心這件事，小姐是她的命，她的命決不能交在一個「壞蛋」手裏。

小姐在芬乞來路時，教著一個日本太太英文。那時這位日本太太似乎非常關心歇卜士家住著的日本先生們，老是問這個問那個的；見了他們，也很親熱似的。歇卜士太太瞧著不大順眼，她想著這女人有點兒輕狂。凱德的外甥女有一回來了，一個摩登少女。她照例將手絹掖在襪帶子上，拿出來用時，讓太太看在眼裏。後來背地裏議論道，「這多不雅相！」太太在小事情上是很敏銳的。有一晚那愛爾蘭女僕端菜到飯廳，沒有戴白帽檐兒。太太很不高興，告訴我們，這個侮辱了主人，也侮辱了客人。但那女僕是個「社會主義」的貪婪的人，也許匆忙中沒想起戴帽檐兒；壓根兒她怕就覺得戴不戴都是無所謂的。記得那回這女僕帶了男朋友到金樹臺來，是個失業的工人。當時剛搬了家，好些零碎事正得一個人。太太便讓這工人幫幫忙，每天給點錢。這原是一舉兩得，各廂情願的。不料女僕卻當面說太太揩了窮小子的油。太太聽說，簡直有點莫名其妙。

太太不上教堂去，可是迷信。她雖是新教徒，可是有一回丟了東西，卻照人家傳給的法子，在家點上一支蠟，一條腿跪著，口誦安東尼聖名，說是這麼著東西就出來了。拜聖者是舊教的花樣，她卻不管。每回作夢，早餐時總翻翻占夢書。她有三本占夢書；有時她笑自己；三本書說的都不一樣，甚至還相反呢。喝碗茶，碗裏的茶葉，她也愛看；看像什麼字頭，便知是姓什麼的來了。她並不盼望訪客，她是在盼望住客啊。到金樹臺時，前任房東太太介紹一位英國住客繼續住下。但這位半老的住客卻嫌客人太少，女客更少，又嫌飯桌上沒有笑，沒有笑話，只看歇卜士太太的獨角戲，老母親似的嘮嘮叨叨，總是那一套。他終於托故走了，搬到別處去了。我們不久也離開英國，房子於是乎空空的。去年接到歇卜士太太來信，她和女兒已經作了人家管家老媽了；「維多利亞時代」的上流婦人，這世界已經不是她的了。

標準與尺度

動亂時代

這是一個動亂時代。一切都在搖蕩不定之中，一切都在隨時變化之中。人們很難計算他們的將來，即使是最短的將來。這使一般人苦悶；這種苦悶或深或淺的籠罩著全中國，也或厚或薄的瀰漫著全世界。在這一回世界大戰結束的前兩年，就有人指出一般人所表示的幻滅感。這種幻滅感到了大戰結束後這一年，更顯著了；有我們中國尤其如此。

中國經過八年艱苦的抗戰，一般人都掙扎的生活著。勝利到來的當時，我們喘一口氣，情不自禁的在心頭描畫著三五年後可能實現的一個小康時代。我們也明白太平時代還遙遠，所以先只希望一個小康時代。但是勝利的歡呼閃電似的過去了，接著是一陣陣悶雷響著。這個變化太快了，幻滅得太快了，一般人失望之餘，不由得感到眼前的動亂的局勢好像比抗戰期中還要動亂些。再說這動亂是世界性的，像我們中國這樣一個國家，大概沒有足夠的力量來控制這動亂；我們不能計算，甚至也難以估計，這動亂將到何時安定，何時才會出現一個小康時代。因此一般人更深沉的幻滅了。

中國向來有一治一亂相循環的歷史哲學。機械的循環論，現代大概很少人相信了，然而廣義的看來，相對的看來，治亂的起伏似乎可以說是史實，所謂廣義的，是說不限於政治，如經濟恐慌，也正是一種動亂的局勢。所謂相對的，是說有大治大亂，有小治小亂；各個國家，各個社會的情形不同，卻都有它們的治亂的起伏。這裏說治亂的起伏，表示人類是在走著曲折的路；雖然走著曲折的路，但是總在向著目標走上前去。我相信人類有目標，因此也有進步。每一回治亂的起伏，清算起來，這裏那裏多多少少總有些進展的。

但是人們一般都望治而不好亂。動亂時代望小康時代，小康時代望太平時代——真正的「太平」時代，其實只是一種理想。人類向著這個理想曲折的走著；所以曲折，便因為現實與理想的衝突。現實與理想都是人類的創造，在創造的過程中，不免試驗與錯誤，也就不免衝突。現實與現實衝突，現實與理想衝突，理想與理想衝突，樣樣有。從一方面看，人生充滿了矛盾；從另一方面看，矛盾中卻也有一致的地方。人類在種種衝突中進展。

動亂時代中衝突更多，人們感覺不安，彷徨，失望，於是乎幻滅。幻滅雖然幻滅，可還得活下去。雖然活下去，可是厭倦著，詛咒著。於是搖頭，皺眉毛，「沒辦法！沒辦法」的說著，一天天混過去。可是，這如果是一個常態的中年人，他還有相當的精力，他不會甘心老是這樣混過去；他要活得有意思些。他於是頹廢——煙，賭，酒，女人，盡情的享樂自己。一面獻身於投機事業，不顧一切原則，只要於自己有利就幹。反正一切原則都在動搖，誰還怕誰？只要抓住現在，抓住自己，管什麼社會國家！古詩道：「我躬不閱，遑恤我後！」可以用來形容這些人。

有些人也在幻滅之餘活下去，可是憎惡著，憤怒著。他們不怕幻滅，卻在幻滅的遺跡上建立起一個新的理想。他們要改造這個國家，要改造這個世界。這些人大概是青年多，青年人精力足，顧慮少，他們討厭傳統，討厭原則；而現在這些傳統這些原則既在動搖之中，他們簡直想一腳踢開去。他們要創造新傳統，新原則，新中國，新世界。他們也是不顧一切，卻不是只爲自己。他們自然也免不了試驗與錯誤。試驗與錯誤的結果，將延續動亂的局勢，還是將結束動亂局勢？這就要看社會上矯正的力量和安定的力量，也就是說看他們到底抓得住現實還是抓不住。

還有些人也在幻滅之餘活下去，可是對現實認識著，適應著。他們漸漸能夠認識這個動亂時代，並接受這個動亂時代。他們大概是些中年人，他們的精力和膽量只夠守住自己的崗位，進行自己的工作。這些人不甘頹廢，可也不能擔負改造的任務，只是大時代一些小人物。但是他們謹慎的調整著種種傳統和原則，忠誠的保持著那些。那些傳統和原則，雖然有些人要踢開去，然而其中主要的部分自有它們存在的理由。因爲社會是聯貫的，歷史是聯貫的。一個新社會不能憑空從天上掉下，它得從歷來的土壤裏長出。社會的安定力固然在基層的衣食住，在中國尤其是農民的衣食住；可是這些小人物對於社會上層機構的安定，也多少有點貢獻。他們也許抵不住時代潮流的衝擊而終於失掉自己的崗位甚至生命，但是他們所抱持的一些東西還是會存在的。

以上三類人，只是就筆者自己常見到的並且相當知道的說，自然不能包羅一切。但這三類人似乎都是這動亂時代的主要分子。筆者希望由於描寫這三類人可以多少說明了這時代的局勢。他們或多或少的認識了現實，也或多或少的抓住了現實；那後兩類人一方面又都有著或近或遠或小或大的理想。有用的是這兩類人。那頹廢者只是消耗，只是浪費，對於自己，對於社會都如此。那投機者擾害了社會的秩序，而終於也歸到消耗和浪費一路上。到處搖頭苦臉說著「沒辦法」的人不過無益，這些人簡直是有害了。改造者自然是時代的領導人，但希望他們不至於操之過切，欲速不達。調整者原來可以與改造者相輔爲用，但希望他們不至於保守太過，抱殘守闕。這樣維持著活的平衡，我們可以希望比較快的走入一個小康時代。

中國學術界的大損失

——悼聞一多先生

一

聞一多先生在昆明慘遭暗殺，激起全國的悲憤。這是民主運動的大損失，又是中國學術的大損失。關於後一方面，作者知道的比較多，現在且說個大概，來追悼這一位多年敬佩的老朋友。

大家都知道聞先生是一位詩人。他的《紅燭》，尤其他的《死水》，讀過的人很多。這些集子的特色之一，是那些愛國詩。在抗戰以前他也許是唯一的愛國新詩人。這裏可以看出他對文學的態度。新文學運動以來，許多作者都認識了文學的政治性和社會性而有所表現，可是聞先生認識得特別親切，表現得特別強調。他在過去的詩人中最敬愛杜甫，就因爲杜詩政治性和社會性最濃厚。後來他更進一步，注意原始人的歌舞：這是集團的藝術，也是與生活打成一片的藝術。他要的是熱情，是力量，是火一樣的生命。

但是他並不忽略語言的技巧，大家都記得他是提倡詩的新格律的人，也是創造詩的新格律的人。他創造自己的詩的語言，並且創造自己的散文的語言。詩大家都知道，不必細說；散文如《唐詩雜論》，可惜只有五篇，那經濟的字句，那完密而短小的篇幅，簡直是詩。我聽他近來的演說，有兩三回也是這麼精悍，字字句句好似稱量而出，卻又那麼自然流暢。他因此也特別能夠體會古代語言的曲折處。當然，以上這些都得靠學力，但是更得靠才氣，也就是想像。單就讀古書而論，固然得先通文字聲韻之學；可是還不夠，要沒有活潑的想像力，就只能做出點滴的餖飣的工作，決不能融會貫通的。這裏需要細心，更需要大膽。聞先生能夠體會到古代語言的表現方式，他的校勘古書，有些地方膽大得嚇人，但卻得細心吟味所得；平心靜氣讀下去，不由人不信。校書本有死校活校之分；他自然是活校，而因爲知識和技術的一般進步，他的成就駸駸乎駕活校的高郵王氏父子而上之。

他研究中國古代，可是他要使局部化了石的古代復活在現代人的心目中。因爲這古代與現代究竟屬於一個社會，一個國家，而歷史是聯貫的。我們要客觀的認識古代；可是，是「我們」在客觀的認識古代，現代的我們要能夠在心目中想像古代的生活，要能夠在心目中分享古代的生活，才能認識那活的古代，也許才是那真的古代——這也才是客觀的認識古代。聞先生研究伏羲的故事或神話，是將這神話跟人們的生活打成一片；神話不是空想，不是娛樂，而是人民的生命欲和生活力的表現。這是死活存亡的消息，是人與自然鬥爭的紀錄，非同小可。他研究《楚辭》的神話，也是一樣的態度。他看屈原，也將他放在整個時代整個社會裏看。他承認屈原是偉大的天才；但天才是活人，不是偶像，只有這麼看，屈原的真面目也許才能再現在我們心中。他研究《周易》裏的故事，也是先有一整個社會的影像在心裏。研究《詩經》也如此，他看出那些情詩裏不少歌詠性生活的句子；他常說笑話，說他研究《詩經》，越來越「形而下」了——其實這正表現著生命的力量。

他是有幽默感的人；他的認識古代，有時也靠著這種幽默感。看《匡齋尺牘》裏《狼跋》一篇，便知道他能夠體會到別人從不曾體會到的古人的幽默感。而所謂「匡齋」本於匡衡說詩解人頤那句話，正是幽默的意思。他的《死水》裏《聞一多先生的書桌》，也是一首難得的幽默的詩。他有著強大的生命力，常跟我們說要活到八十歲，現在還不滿四十八歲，竟慘死在那卑鄙惡毒的槍下！有個學生曾瞻仰他的遺體，見他「遍身血跡，雙手抱頭，全身痙攣」。唉！他是不甘心的，我們也是不甘心的！

二

聞先生的慘死尤其是中國文學方面一個不容易補償的損失。

聞先生的專門研究是《周易》、《詩經》、《莊子》、《楚辭》、唐詩，許多人都知道。他的研究工作至少有了二十年，發表的文字雖然不算太多，但積存的稿子卻很多。這些並非零散的稿子，大都是成篇的，而且他親手抄寫得很工整。只是他總覺得還不夠完密，要再加些工夫才願意編篇成書。這可見他對於學術忠實而謹慎的態度。

他最初在唐詩上多用力量。那時已見出他是個考據家，並已見出他的考據的本領。他注重詩人的年代和詩的年代。關於唐詩的許多錯誤的解釋與錯誤的批評，都由於錯誤的年代。他曾將唐代一部分詩人生卒年代可考者製成一幅圖表，誰看了都會一目瞭然。他是學過圖案畫的，這幫助他在考據上發現了一種新技術；這技術是值得發展的。但如一般所知，他又是個詩人，並且是個在領導地位的新詩人，他親自經過創作的甘苦，所以更能欣賞詩人與詩。他的《唐詩雜論》雖然只有五篇，但都是精彩逼人之作。這些不但將欣賞和考據融化得恰到好處，並且創造了一種詩樣精粹的風格，讀起來句句耐人尋味。

後來他在《詩經》、《楚辭》上多用力量。我們知道要瞭解古代文學，必須從語言下手，就是從文字聲韻下手。但必須能夠活用文字聲韻的種種條例，才能有所創獲。聞先生最佩服王念孫父子，常將《讀書雜誌》、《經義述聞》當作消閒的書讀著。他在古書通讀上有許多驚人而確切的發明。對於甲骨文和金文，也往往有獨到之見。他研究《詩經》，注重那時代的風俗和信仰等等；這幾年更利用佛洛依德以及人類學的理論得到一些深入的解釋。他對《楚辭》的興趣似乎更大，而尤集中於其中的神話。他的研究神話，實在給我們學術界開闢了一條新的大路。關於伏羲的故事，他曾將許多神話綜合起來，頭頭是道，創見最多，關係極大。曾聽他談過大概，可惜寫出來的還只是一小部分。他研究《周易》，是愛其中的片段的故事，注重的是社會生活經濟生活的表現。近三四年他又專力研究《莊子》，探求原始道教的面目，並發見莊子一派政治上不合作的態度。以上種種都跟傳統的研究不同：眼光擴大了，深入了，技術也更進步了，更周密了。所以貢獻特別多，特別大。近年他又注意整個的中國文學史，打算根據經濟史觀去研究一番，可惜還沒有動手就殉了道。

這真是我們一個不容易補償的損失啊！

回來雜記

回到北平來，回到原來服務的學校裏，好些老工友見了面用道地的北平話道：「您回來啦！」是的，回來啦。去年剛一勝利，不用說是想回來的。可是這一年來的情形使我回來的心淡了，想像中的北平，物價像潮水一般漲，整個的北平也像在潮水裏晃蕩著。然而我終於回來了。飛機過北平城上時，那棋盤似的房屋，那點綴著的綠樹，那紫禁城，那一片黃琉璃瓦，在晚秋的夕陽裏，真美。在飛機上看北平市，我還是第一次。這一看使我聯帶的想起北平的多少老好處，我忘懷一切，重新愛起北平來了。

在西南接到北平朋友的信，說生活雖艱難，還不至如傳說之甚，說北平的街上還跟從前差不多的樣子。是的，北平就是糧食貴得凶，別的還差不離兒。因爲只有糧食貴得凶，所以從上海來的人，簡直鬆了一大口氣，只說「便宜呀！便宜呀！」我們從重慶來的，卻沒有這樣胃口。再說雖然只有糧食貴得凶，然而糧食是人人要吃日日要吃的。這是一個濃重的陰影，罩著北平的將來。但是現在誰都有點兒且顧眼前，將來，管得它呢！糧食以外，日常生活的必需品，大致看來不算少；不是必需而帶點兒古色古香的那就更多。舊傢俱，小玩意兒，在小市裡，地攤上，有得挑選的，價錢合式，有時候並且很賤。這是北平老味道，就是不大有耐心去逛小市和地攤的我，也深深在領略著。從這方面看，北平算得是「有」的都市，西南幾個大城比起來真寒塵相了。再去故宮一看，嚇，可了不得！雖然曾遊過多少次，可是從西南回來這是第一次。東西真多，小市和地攤兒自然不在話下。逛故宮簡直使人不想買東西，買來買去，買多買少，算得什麼玩意兒！北平真「有」，真「有」它的！

北平不但在這方面和從前一樣「有」，並且在整個生活上也差不多和從前一樣閒。本來有電車，又加上了公共汽車，然而大家還是悠悠兒的。電車有時來得很慢，要等得很久。從前似乎不至如此，也許是線路加多，車輛並沒有比例的加多吧？公共汽車也是來得慢，也要等得久。好在大家有的是閒工夫，慢點兒無妨，多等點時候也無妨。可是剛從重慶來的卻有些不耐煩。別瞧現在重慶的公共汽車不漂亮，可是快，上車，賣票，下車都快。也許是無事忙，可是快是真的。就是在排班等著罷，眼看著一輛輛來車片刻間上滿了客開了走，也覺痛快，比望眼欲穿的看不到來車的影子總好受些。重慶的公共汽車有時也擠，可是從來沒有像我那回坐宣武門到前門的公共汽車那樣，一面擠得不堪，一面賣票人還在中途站從容的給爭著上車的客人排難解紛。這真閒得可以。

現在北平幾家大型報都有幾種副刊，中型報也有在拉人辦副刊的。副刊的水準很高，學術氣非常重。各報又都特別注重學校消息，往往專闢一欄登載。前一種現象別處似乎沒有，後一種現象別處雖然有，卻不像這兒的認真——幾乎有聞必錄。北平早就被稱為「大學城」和「文化城」，這原是舊調重彈，不過似乎彈得更響了。學校消息多，也許還可以認為有點生意經；也許北平學生多，這麼著報可以多銷些？副刊多卻決不是生意經，因為有些副刊的有些論文似乎只有一些大學教授和研究院學生能懂。這種論文原應該出現在專門雜誌上，但目前出不起專門雜誌，只好暫時委屈在日報的餘幅上：這在編副刊的人是有理由的。在報館方面，反正可以登載的材料不多，北平的廣告又未必太多，多來它幾個副刊，一面配合著這古城裏看重讀書人的傳統，一面也可以鎮靜鎮靜這多少有點兒晃蕩的北平市，自然也不錯。學校消息多，似乎也有點兒配合著看重讀書人的傳統的意思。研究學術本來要悠閒，這古城裏向來看重的讀書人正是那悠閒的讀書人。我也愛北平的學術空氣。自己也只是一個悠閒的讀書人，並且最近也主編了一個帶學術性的副刊，不過還是覺得這麼多的這麼學術的副刊確是北平特有的閒味兒。

然而北平究竟有些和從前不一樣了。說它「有」罷，它「有」貴重的古董玩器，據說現在主顧太少了。從前買古董玩器送禮，可以巴結個一官半職的。現在據說懂得愛古董玩器的就太少了。禮還是得送，可是上了句古話，什麼人愛鈔，什麼人都愛鈔了。這一來倒是簡單明瞭，不過不是老味道了。古董玩器的冷落還不足奇，更使我注意的是中山公園和北海等名勝的地方，也蕭條起來了。我剛回來的時候，天氣還不冷，有一天帶著孩子們去逛北海。大禮拜的，漪瀾堂的茶座上卻只寥寥的幾個人。聽隔家茶座的夥計在向一位客人說沒有點心賣，他說因爲客人少，不敢預備。這些原是中等經濟的人物常到的地方；他們少來，大概是手頭不寬心頭也不寬了吧。

中等經濟的人家確乎是緊起來了。一位老住北平的朋友的太太，原來是大家小姐，不會做家裏粗事，只會做做詩，畫畫畫。這回見了面，瞧著她可真忙。她告訴我，傭人減少了，許多事只得自己幹；她笑著說現在操練出來了。她幫忙我捆書，既麻利，也還結實；想不到她真操練出來了。這固然也是好事，可是北平到底不和從前一樣了。窮得沒辦法的人似乎也更多了。我太太有一晚九點來鐘帶著兩個孩子走進宣武門裏一個小胡同，剛進口不遠，就聽見一聲：「站住！」向前一看，十步外站著一個人，正在從黑色的上裝裏掏什麼，說時遲，那時快，順著燈光一瞥，掏出來的乃是一把明晃晃的尖刀！我太太大聲怪叫，趕緊轉身向胡同口跑，孩子們也跟著怪叫，跟著跑。絆了石頭，母子三個都摔倒；起來回頭一看，那人也轉了身向胡同裏跑。這個人穿得似乎還不寒塵，白白的臉，年輕輕的。想來是剛走這個道兒，要不然，他該在胡同中間等著，等來人近身再喊「站住！」這也許真是到了無可奈何才來走險的。近來報上常見路劫的記載，想來這種新手該不少罷。從前自然也有路劫，可沒有聽說這麼多。北平是不一樣了。

電車和公共汽車雖然不算快，三輪車卻的確比洋車快得多。這兩種車子的競爭是機械和人力的競爭，洋車顯然落後。洋車夫只好更賤賣自己的勞力。有一回雇三輪兒，出價四百元，三輪兒定要五百元。一個洋車夫趕上來說，「我去，我去。」上了車他向我說要不是三輪兒，這麼遠這個價他是不幹的。還有在雇三輪兒的時候常有洋車夫趕上來，若是不理他，他會說，「不是一樣嗎？」可是，就不一樣！三輪車以外，自行車也大大的增加了。騎自行車可以省下一大筆交通費。出錢的人少，出力的人就多了。省下的交通費可以幫補幫補肚子，雖然是小補，到底是小補啊。可是現在北平街上可不是鬧著玩兒的，騎車不但得出力，有時候還得拼命。按說北平的街道夠寬的，可是近來常出事兒。我剛回來的一禮拜，就死傷了五六個人。其中王振華律師就是在自行車上被撞死的。這種交通的混亂情形，美國軍車自然該負最大的責任。但是據報載，交通警察也很怕咱們自己的軍車。警察卻不怕自行車，更不怕洋車和三輪兒。他們對洋車和三輪兒倒是一視同仁，一個不順眼就拳腳一齊來。曾在宣武門裏一個胡同口看見一輛三輪兒橫在口兒上和人講價，一個警察走來，不問三七二十一，抓住三輪車夫一頓拳打腳踢。拳打腳踢倒從來如此，他卻罵得怪，他罵道，「×你有民主思想的媽媽！」那車夫挨著拳腳不說話，也是從來如此。可是他也怪，到底是三輪車夫罷，在警察去後，卻向著背影責問道，「你有權利打人嗎？」這兒看出了時代的影子，北平是有點兒晃蕩了。

別提這些了，我是貪吃得了胃病的人，還是來點兒吃的。在西南大家常談到北平的吃食，這呀那的，一大堆。我心裏卻還惦記一樣不登大雅的東西，就是馬蹄兒燒餅夾果子。那是一清早在胡同裏提著筐子叫賣的。這回回來卻還沒有吃到。打聽住家人，也說少聽見了。這馬蹄兒燒餅用硬麵做，用吊爐烤，薄薄的，卻有點兒韌，夾果子（就是脆而細的油條）最是相得益彰，也脆，也有咬嚼，比起有心子的芝麻醬燒餅有意思得多。可是現在劈柴貴了，吊爐少了，做馬蹄兒並不能多賣錢，誰樂意再做下去！於是大家一律用芝麻醬燒餅來夾果子了。芝麻醬燒餅厚，倒更管飽些。然而，然而不一樣了。

文學的標準與尺度

我們說「標準」，有兩個意思。一是不自覺的，一是自覺的。不自覺的是我們接受的傳統的種種標準。我們應用這些標準衡量種種事物種種人，但是對這些標準本身並不懷疑，並不衡量，只照樣接受下來，作爲生活的方便。自覺的是我們修正了的傳統的種種標準，以及採用的外來的種種標準。這種種自覺的標準，在開始出現的時候大概多少經過我們的衡量；而這種衡量是配合著生活的需要的。本文只稱不自覺的種種標準爲「標準」，改稱種種自覺的標準爲「尺度」，來顯示這兩者的分別。「標準」原也離不開尺度，但尺度似乎不像標準那樣固定；近來常說「放寬尺度」，既然可以「放寬」，就不是固定的了。這種「標準」和「尺度」的分別，在一個變得快的時代最容易覺得出：在道德方面在學術方面如此，在文學方面也如此。

中國傳統的文學以詩文爲正宗，大多數出於士大夫之手。士大夫配合君主掌握著政權。做了官是大夫，沒有做官是士；士是候補的大夫。君主士大夫合爲一個封建集團，他們的利害是共同的。這個集團的傳統的文學標準，大概可用「儒雅風流」一語來代表。載道或言志的文學以「儒雅」爲標準，緣情與隱逸的文學以「風流」爲標準。有的人「達則兼濟天下，窮則獨善其身」，表現這種情志的是載道或言志，這個得有「正其誼不謀其利，明其道不計其功」的抱負，得有「怨而不怒」「溫柔敦厚」的涵養，得有「熔經鑄史」「含英咀華」的語言。這就是「儒雅」的標準。有的人縱情於醇酒婦人，或寄情於田園山水，表現這種種情志的是緣情或隱逸之風。這個得有「妙賞」「深情」和「玄心」，也得用「含英咀華」的語言。這就是「風流」的標準。（關於「風流」的解釋，用馮友蘭先生語，見《論風流》一文中。）

在現階段看整個的傳統的文學，我們可以說「儒雅風流」是標準。但是看歷代文學的發展，中間還有許多變化。即如詩本是「言志」的，陸機卻說「詩緣情而綺靡」。「言志」其實就是「載道」，與「緣情」不大相同。陸機實在是用了新的尺度。「詩言志」這一個語在開始出現的時候，原也是一種尺度；後來得到公認而流傳，就成爲一種標準。說陸機用了新的尺度，是對「詩言志」那個舊尺度而言。這個新尺度後來也得到公認而流傳，成爲又一種標準。又如南朝文學的求新，後來文學的復古，其實都是在變化；在變化的時候也都是用著新的尺度。固然這種新尺度大致只伸縮於「儒雅」和「風流」兩種標準之間，但是每回伸縮的長短不同，疏密不同，各有各的特色。文學史的擴展從這種種尺度裏見出。

這種尺度表現在文論和選集裏，也就是表現在文學批評裏。中國的文學批評以各種形式出現。魏文帝的「論文」是在一般學術的批評的《典論》裏，陸機《文賦》也許可以說是獨立的文學批評的創始，他將文作爲一個獨立的課題來討論。此後有了選集，這裏面分別體類，敘述源流，指點得失，都是批評的工作。又有了《文心雕龍》和《詩品》兩部批評專著。還有史書的文學傳論，別集的序跋和別集中的書信。這些都是比較有系統的文學批評，各有各的尺度。這些尺度有的依據著

「儒雅」那個標準，結果就是復古的文學，有的依據著「風流」那個標準，結果就是標新的文學。但是所謂復古，其實也還是求變化求新異；韓愈提倡古文，卻主張務去陳言，戛戛獨造，是最顯著的例子。古文運動從獨造新語上最見出成績來。胡適之先生說文學革命都從文字或文體的解放開始，是有道理的，因爲這裏最容易見出改變了的尺度。現代語體文學是標新的，不是復古的，卻也可以說是從文字或文體的解放開始；就從這語體上，分明的看出我們的新尺度。

這種語體文學的尺度，如一般人所公認，大部分是受了外國的影響，就是依據著種種外國的標準。但是我們的文學史中原也有這樣一股支流，和那正宗的或主流的文學由分而合的相配而行。明代的公安派和竟陵派自然是這支流的一段，但這支流的淵源很古久，截取這一段來說是不正確的。漢以前我們的言和文比較接近，即使不能說是一致。從孔子「有教無類」起，教育漸漸開放給平民，受教育的漸漸多起來。這種受了教育的人也稱爲「士」，可是跟從前貴族的士不同，這些只是些「讀書人士」的增多影響了語言的文體，話要說得明白，說得詳細，當時的著述是說話的記錄，自然也是這樣。這裏面該有平民語調的參入，雖然我們不能確切的指出。漢代辭賦發達，主要的作爲宮廷文學；後來變爲遠於說話的駢儷的體制，士大夫就通用這種體制。可是另一方面，遊歷了通都大邑名山大川的司馬遷，卻還用那近乎說話的文體作《史記》，古裡古怪的揚雄跟《問孔》、《刺孟》的王充，也還用這種文體作《法言》和《論衡》；而樂府詩來自民間，不用問更近於說話。可見這種文體是廢不掉的。就是駢儷文盛行的時代，也還有《世說新語》，記錄那時代的說話。到了唐代的韓愈，提倡「氣盛言宜」的古文，「氣盛言宜」就是說話的調子，至少是近於說話的調子，還有語錄和筆記，起於唐而盛於宋，還有來自民間的詞，這些也都用著說話或近於說話的調子。東漢以來逐漸建立起來的門閥，到了唐代中葉垮了臺，「尋常百姓」的士又增多起來，加上宋代印刷和教育的發達，所以那種詳明如話的文體就大大的發達了。到了元明兩代，又有了戲曲和小說，更是以說話體就是語體為主。公安派竟陵派接受了這股支派，努力想將它變成主流，但是這一個嘗試失敗了。直到現在，一個新的嘗試才完成了語體文學，新文學，也就是現代文學。

從以上一段語體文學發展的簡史裏可以看出種種伸縮的尺度。這些尺度大體上固然不出乎「儒雅」和「風流」那兩個標準，可是像語錄和筆記，有些恐怕只夠「儒」而不夠「雅」，有些恐怕既不夠「儒」也不夠「雅」，不夠「雅」因為用俗語或近乎俗語，不夠「儒」因為只是一些細事，無關德教，也與風流不相干。漢樂府跟《世說新語》也用俗語，雖然現在已將那些俗語看作了古典。戲曲和小說有的別忠奸，寓勸懲，敘風流，固然夠得上標準，有的卻不夠儒雅，不算風流。在過去的文學傳統裏，這兩種本沒有地位，所謂不在話下。不過我們現在得給這些不夠格的分別來個交代。我們說戲曲和小說可以見人情物理，這可以叫做「觀風」的尺度，《禮記》裏說詩可以「觀民風」；可以觀風，也就拐了彎兒達到了「儒雅」那個標準。戲曲和小說不但可以觀民風，還可以觀士風，而觀風就是寫實，就是反映社會，反映時代。這是社會的描寫，時代的記錄。在我們看來，用不著再繞到「儒雅」那個標準之下，就足夠存在的理由了。那些無關政教也不算風流的筆記，也可以這麼看。這個「人情物理」或「觀風」的尺度原是依據了「儒雅」那個標準定出來的。可是唐代中葉以後，這個尺度似乎已經暗地裏獨立運用，這已經不是上德化下的尺度而是下情上達的尺度了。人民參加著定了這個尺度，而俗語的參入文學，正與這個尺度配合著。

說是人民參加著訂定文學的尺度，如上文所提到的，該起於春秋末年貴族漸漸沒落平民漸漸興起的時候。這些受了教育的平民加入了統治集團，多少還帶著他們的情感和語言。這種新的士流日漸增加，自然就影響了文化的面目乃至精神。漢樂府的搜集與流行，就在這樣氛圍之中。韓詩解《伐木》一篇說到「饑者歌其食，勞者歌其事」。「饑者歌其食，勞者歌其事」正是「人情物理」，正是「觀風」；這說明了三百篇詩的一些詩，也說明了樂府裏的一些詩。「饑者歌其食，勞者歌其事」，自然周代的貴族也會如此的，可是這兩句帶著濃重的平民的色彩；配合著語言的通俗，尤其可以見出。這就是前面說的「參加」，這參加倒是不自覺的。但那「人情物理」或「觀風」的尺度的訂定卻是自覺的。漢以來的社會是士民對立，同時也是士民流通。《世說新語》裏記錄一些俗語，取其自然。在「風流」的標準下，一般的固然以「含英咀華」的語言爲主，但是到了這時代稍加改變，取了「自然」這個尺度，也不足爲怪的。

唐代中葉以後，士民間的流通更自由了，士人更多了。於是乎「人情物理」的著作也更多。元代蒙古人壓迫漢人，士大夫的地位降低下去。真正領導文壇的是一些吏人以及「書會先生」。他們依據了「人情物理」的尺度作了許多戲曲。明代士大夫的地位高了些，但是還在暴君壓制之下。

他們這時卻恢復了文壇的領導權，他們可也在作戲曲，並且在提倡小說，作小說了。公安派竟陵派就是受了這種風氣的影響而形成的。清代士大夫的地位又高了些，但是又在外族統治之下，還不能恢復元代以前的地位。他們也在作戲曲和小說，可是戲曲和小說始終還是小道，不能跟詩文並列爲正宗。「人情物理」還是一種尺度，不能成爲標準。但是平民對文學的影響確乎漸漸在擴大。原來士民的對立並不是嚴格的。尤其在文學上，平民所表現的生活還是以他們所「雖不能至，然心嚮往之」的士大夫生活爲標準。他們受自己的生活折磨夠了，只羨慕著士大夫的生活，可又只能耐著苦羨慕著，不知道怎樣用行動去爭取，至多是表現在他們的文學就是民間文學裏；低級趣味是免不了的，但那時他們的理想是爬上高處去。這樣，士大夫的文學接受他們的影響，也算是個順勢。雖然「人情物理」和「通俗」到清代還沒有成爲標準，可是「自然」這尺度從晉代以來已漸漸成爲一種標準。這究竟顯出人民的力量。

大清帝國改了中華民國，新文化運動新文學運動配合著「五四」運動畫出了一個新時代。大家擁戴的是「德先生」和「賽先生」，就是民主與科學。但是實際上做到的是打倒禮教也就是反封建的工作。反封建解放了個人，也發現了民眾，於是乎有了個人主義和人道主義；前者是實踐，後者還是理論。這裏得指出在那個階段上，我們是接受了種種外國標準，而向現代化進行著。這時的社會已經不是士民的對立，而是封建的軍閥官僚和人民的對立。從清末開設學校，受教育的人大量增多。士或讀書人漸漸變了質；到這時一部分成爲軍閥和官僚的幫閒，大部分卻成了游離的知識階級。知識階級從軍閥和官僚獨立，卻還不能跟民眾聯合起來，所以游離著。這裏面大部分是青年學生。這時候的文學是語體文學，開始似乎是應用著「人情物理」「通俗」那兩個尺度以及「自然」那個標準。然而「人情物理」變了質成爲「打倒禮教」就是「反封建」也就是「個人主義」這個標準，「通俗」和「自然」也讓步給那「歐化」的新尺度；這「歐化」的尺度後來並且也成了標準。用歐化的語言表現個人主義，順帶著人道主義，是這時期知識階級向著現代化的路。

「五卅」運動接著國民革命，發展了反帝國主義運動；於是「反帝國主義」也成了文學的一種尺度。抗戰起來了，「抗戰」立即成了一切的標準，文學自然也在其中。勝利卻帶來了一個動亂時代，民主運動發展，「民主」成了廣大應用的尺度，文學也在其中。這時候知識階級漸漸走近了民眾，「人道主義」那個尺度變質成爲「社會主義」的尺度，「自然」又調劑著「歐化」，這樣與「民主」配合起來。但是實際上做到的還只是暴露醜惡和鬥爭醜惡。這是向著新社會發腳的路。受教育的越來越多，這條路上的人也將越來越多，文學終於要配合上那新的「民主」的尺度向前邁進的。大概文學的標準和尺度的變換，都與生活配合著，採用外國的標準也如此。表面上好像只是求新，其實求新是爲了生活的高度深度或廣度。社會上存在著特權階級的時候，他們只見到高度和深度；特權階級垮臺以後，才能見到廣度。從前有所謂雅俗之分，現在也還有低級趣味，就是從高度深度來比較的。可是現在漸漸強調廣度，去配合著高度深度，普及同時也提高，這才是新的「民主」的尺度。要使這新尺度成爲文學的新標準，還有待於我們自覺的努力。

論嚴肅

新文學運動的開始，鬥爭的對象主要的是古文，其次是禮拜六派或鴛鴦蝴蝶派的小說，又其次是舊戲，還有文明戲。他們說古文是死了。舊戲陳腐，簡單，幼稚，嘈雜，不真切，武場更只是雜耍，不是戲。而鴛鴦蝴蝶派的小說意在供人們茶餘酒後消遣，不嚴肅，文明戲更是不顧一切的專迎合人們的低級趣味。白話總算打倒了古文，雖然還有些肅清的工作；話劇打倒了文明戲，可是舊戲還直挺挺的站著，新歌劇還在難產之中。鴛鴦蝴蝶派似乎也打倒了，但是又有所謂「新鴛鴦蝴蝶派」。這嚴肅與消遣的問題夠複雜的，這裏想特別提出來討論。

照傳統的看法，文章本是技藝，本是小道，宋儒甚至於說「作文害道」。新文學運動接受了西洋的影響，除了解放文體以白話代古文之外，所爭取的就是這文學的意念，也就是文學的地位。他們要打倒那「道」，讓文學獨立起來。所以對「文以載道」說加以無情的攻擊。這「載道」說雖然比「害道」說溫和些，可是文還是道的附庸。照這一說，那些不載道的文就是「玩物喪志」。玩物喪志是消遣，載道是嚴肅。消遣的文是技藝，沒有地位；載道的文有地位了，但是那地位是道的，不是文的——若單就文而論，它還只是技藝，只是小道。新文學運動所爭的是，文學就是文學，不干道的事，它是藝術，不是技藝，它有獨立存在的理由。

在中國文學的傳統裏，小說和詞曲（**包括戲曲**）更是小道中的小道，就因為是消遣的，不嚴肅。不嚴肅也就是不正經；小說通常稱爲「閒書」，不是正經書。詞爲「詩餘」，曲又是「詞餘」；稱爲「餘」當然也不是正經的了。鴛鴦蝴蝶派的小說意在供人們茶餘酒後消遣，倒是中國小說的正宗。中國小說一向以「志怪」、「傳奇」爲主。「怪」和「奇」都不是正經的東西。明朝人編的小說總集有所謂「三言二拍」。「二拍」是初刻和二刻的《拍案驚奇》，重在「奇」得顯然。「三言」是《喻世明言》、《警世通言》、《醒世恒言》，雖然重在「勸俗」，但是還是先得使人們「驚奇」，才能收到「勸俗」的效果，所以後來有人從「三言二拍」裏選出若干篇另編一集，就題爲《今古奇觀》，還是歸到「奇」上。這個「奇」正是供人們茶餘酒後消遣的。

明清的小說淵源於宋朝的「說話」，「說話」出於民間。詞曲（包括戲曲）原也出於民間。民間文學是被壓迫的人民苦中作樂，忙裏偷閒的表現，所以常常扮演丑角，嘲笑自己或誇張自己，因此多帶著滑稽和誕妄的氣氛，這就不正經了。在中國文學傳統自己的範圍裏，只有詩文（包括賦）算是正經的，嚴肅的，雖然放在道統裏還只算是小道。詞經過了高度的文人化，特別是清朝常州派的努力，總算帶上一些正經面孔了，小說和曲（包括戲曲）直到新文學運動的前夜，卻還是丑角打扮，站在不要緊的地位。固然，小說早就有勸善懲惡的話頭，明朝人所謂「喻世」等等，更特別加以強調。這也是在想「載道」，然而「奇」勝於「正」，到底不成。明朝公安派又將《水滸》比《史記》，這是從文章的「奇變」上看；可是文章在道統裏本不算什麼，「奇變」怎麼能扯得上「正經」呢？然而看法到底有些改變了。到了清朝末年，梁啓超先生指出了「小說與群治之關係」，並提倡實踐他的理論的創作。這更是跟新文學運動一脈相承了。

新文學運動以鬥爭的姿態出現，它必然是嚴肅的。他們要給白話文爭取正宗的地位，要給文學爭取獨立的地位。而魯迅先生的第一篇小說《狂人日記》裏喊出了「吃人的禮教」和「救救孩子」，開始了反封建的工作。他的《隨感錄》又強烈的諷刺著老中國的種種病根子。一方面人道主義也在文學裏普遍的表現著。文學擔負起新的使命；配合了五四運動，它更跳上了領導的地位，雖然不是唯一的領導的地位。於是文學有了獨立存在的理由，也有了新的意念。在這情形下，詞曲升格為詩，小說和戲曲也升格為文學。這自然接受了「外國的影響」，然而這也未嘗不是「載道」；不過載的是新的道，並且與這個新的道合為一體，不分主從。所以從傳統方面看來，也還算是一脈相承的。一方面攻擊「文以載道」，一方面自己也在載另一種道，這正是相反相成，所謂矛盾的發展。

創造社的浪漫的感傷的作風，在反封建的工作之下要求自我的解放，也是自然的趨勢。他們強調「動的精神」，強調「靈肉衝突」，是依然在嚴肅的正視著人生的。然而禮教漸漸垮了，自我在第一次世界大戰帶給中國的暫時的繁榮裏越來越大了，於是乎知識分子講究生活的趣味，講究個人的好惡，講究身邊瑣事，文壇上就出現了「言志派」，其實是玩世派。更進一步講究幽默，為幽默而幽默，無意義的幽默。幽默代替了嚴肅，文壇上一片空虛。一方面色情的作品也抬起了頭，憑著「解放」的名字跨過了「健康」的邊界，自然也跨過了「嚴肅」的邊界。然而這空虛只是暫時的，正如那繁榮是暫時的。五卅事件掀起了反帝國主義的大潮，時代又沉重起來了。

接著是國民革命，接著是左右折磨；時代需要鬥爭，閒情逸致只好偷偷摸摸的。這時候魯迅先生介紹了「一面是嚴肅與工作，一面是荒淫與無恥」這句話。這是時代的聲音。可是這嚴肅是更其嚴肅了；單是態度的嚴肅，藝術的嚴肅不成，得配合工作，現實的工作。似乎就在這當兒有了「新鴛鴦蝴蝶派」的名目，指的是那些盡在那兒玩味自我的作家。他們自己並不覺得在消遣自己，跟舊鴛鴦蝴蝶派不同。更不同的是時代，是時代縮短了那「嚴肅」的尺度。這尺度還在爭議之中，劈頭來了抗戰；一切是抗戰，抗戰自然是極度嚴肅的。可是八年的抗戰太沉重了，這中間不免要鬆一口氣，這一鬆，尺度就放寬了些；文學帶著消遣，似乎也是應該的。

勝利突然而來，時代卻越見沉重了。「人民性」的強調，重行緊縮了「嚴肅」那尺度。這「人民性」也是一種道。到了現在，要文學來載這種道，倒也是「勢有必至，理有固然」。不過太緊縮了那尺度，恐怕會犯了宋儒「作文害道」說的錯誤，目下黃色和粉色刊物的風起雲湧，固然是動亂時代的頹廢趨勢，但是正經作品若是一味講究正經，只顧人民性，不管藝術性，死板板的長面孔教人親近不得，讀者們恐怕更會躲向那些刊物裏去。這是運用「嚴肅」的尺度的時候值得平心靜氣算計算計的。

論氣節

氣節是我國固有的道德標準，現代還用著這個標準來衡量人們的行爲，主要的是所謂讀書人或士人的立身處世之道。但這似乎只在中年一代如此，青年代倒像不大理會這種傳統的標準，他們在用著正在建立的新的標準，也可以叫做新的尺度。中年代一般的接受這傳統，青年代卻不理會它，這種脫節的現象是這種變的時代或動亂時代常有的。因此就引不起什麼討論。直到近年，馮雪峰先生才將這標準這傳統作爲問題提出，加以分析和批判；這是在他的《鄉風與市風》那本雜文集裏。

馮先生指出「士節」的兩種典型：一是忠臣，一是清高之士。他說後者往往因爲脫離了現實，成爲「爲節而節」的虛無主義者，結果往往會變了節。他卻又說「士節」是對人生的一種堅定的態度，是個人意志獨立的表現。因此也可以成就接近人民的叛逆者或革命家，但是這種人物的造就或完成，只有在後來的時代，例如我們的時代。馮先生的分析，筆者大體同意；對這個問題筆者近來也常常加以思索，現在寫出自己的一些意見，也許可以補充馮先生所沒有說到的。

氣和節似乎原是兩個各自獨立的意念。《左傳》上有「一鼓作氣」的話，是說戰鬥的。後來所謂「士氣」就是這個氣，也就是「鬥志」；這個「士」指的是武士。孟子提倡的「浩然之氣」，似乎就是這個氣的轉變與擴充。他說「至大至剛」，說「養勇」，都是帶有戰鬥性的。「浩然之氣」是「集義所生」，「義」就是「有理」或「公道」。後來所謂「義氣」，意思要狹隘些，可也算是

「浩然之氣」的分支。現在我們常說的「正義感」，雖然特別強調現實，似乎也還可以算是跟「浩然之氣」聯繫著的。至於文天祥所歌詠的「正氣」，更顯然跟「浩然之氣」一脈相承。不過在筆者看來兩者卻並不完全相同，文氏似乎在強調那消極的節。

節的意念也在先秦時代就有了，《左傳》裏有「聖達節，次守節，下失節」的話。古代注重禮樂，樂的精神是「和」，禮的精神是「節」。禮樂是貴族生活的手段，也可以說是目的。他們要定等級，明分際，要有穩固的社會秩序，所以要「節」，但是他們要統治，要上統下，所以也要「和」。禮以「節」為主，可也得跟「和」配合著；樂以「和」為主，可也得跟「節」配合著。節跟和是相反相成的。明白了這個道理，我們可以說所謂「聖達節」等等的「節」，是從禮樂裏引申出來成了行為的標準或做人的標準；而這個節其實也就是傳統的「中道」。按說「和」也是中道，不同的是「和」重在合，「節」重在分；重在分所以重在不犯不亂，這就帶上消極性了。

向來論氣節的，大概總從東漢末年的黨禍起頭。那是所謂處士橫議的時代。在野的士人紛紛的批評和攻擊宦官們的貪汙政治，中心似乎在太學。這些在野的士人雖然沒有嚴密的組織，卻已經在聯合起來，並且博得了人民的同情。宦官們害怕了，於是乎逮捕拘禁那些領導人。這就是所謂「黨錮」或「鉤黨」，「鉤」是「鉤連」的意思。從這兩個名稱上可以見出這是一種群眾的力量。那時逃亡的黨人，家家願意收容著，所謂「望門投止」，也可以見出人民的態度，這種黨人，大家尊為氣節之士。氣是敢作敢為，節是有所不為——有所不為也就是不合作。這敢作敢為是以集體的力量為基礎的，跟孟子的「浩然之氣」與世俗所謂「義氣」只注重領導者的個人不一樣。後來宋朝幾千太學生請願罷免奸臣，以及明朝東林黨的攻擊宦官，都是集體運動，也都是氣節的表現。但是這種表現裏似乎積極的「氣」更重於消極的「節」。

在專制時代的種種社會條件之下，集體的行動是不容易表現的，於是士人的立身處世就偏向了「節」這個標準。在朝的要做忠臣。這種忠節或是表現在冒犯君主尊嚴的直諫上，有時因此犧牲性命；或是表現在不做新朝的官甚至以身殉國上。忠而至於死，那是忠而又烈了。在野的要做清高之士，這種人表示不願和在朝的人合作，因而游離於現實之外；或者更逃避到山林之中，那就是隱逸之士了。這兩種節，忠節與高節，都是個人的消極的表現。忠節至多造就一些失敗的英雄，高節更只能造就一些明哲保身的自了漢，甚至於一些虛無主義者。原來氣是動的，可以變化。我們常說志氣，志是心之所向，可以在四方，可以在千里，志和氣是配合著的。節卻是靜的，不變的；所以要「守節」，要不「失節」。有時候節甚至於是死的，死的節跟活的現實脫了榫，於是乎自命清高的人結果變了節，馮雪峰先生論到周作人，就是眼前的例子。從統治階級的立場看，「忠言逆耳利於行」，忠臣到底是衛護著這個階級的，而清高之士消納了叛逆者，也是有利於這個階級的。所以宋朝人說「餓死事小，失節事大」，原先說的是女人，後來也用來說士人，這正是統治階級代言人的口氣，但是也表示著到了那時代士的個人地位的增高和責任的加重。

「士」或稱爲「讀書人」，是統治階級最下層的單位，並非「幫閒」。他們的利害跟君相是共同的，在朝固然如此，在野也未嘗不如此。固然在野的處士可以不受君臣名分的束縛，可以「不事王侯，高尚其事」，但是他們得吃飯，這飯恐怕還得靠農民耕給他們吃，而這些農民大概是屬於他們做官的祖宗的遺產的。「躬耕」往往是一句門面話，就是偶然有個把真正躬耕的如陶淵明，精神上或意識形態上也還是在負著天下興亡之責的士，陶的《述酒》等詩就是證據。可見處士雖然有時橫議，那只是自家人吵嘴鬧架，他們生活的基礎一般的主要的還是在農民的勞動上，跟君主與在朝的大夫並無兩樣，而一般的主要的意識形態，彼此也是一致的。

然而士終於變質了，這可以說是到了民國時代才顯著。從清朝末年開設學校，教員和學生漸漸加多，他們漸漸各自形成一個集團；其中有不少的人參加革新運動或革命運動，而大多數也傾向著這兩種運動。這已是氣重於節了。等到民國成立，理論上人民是主人，事實上是軍閥爭權。這時代的教員和學生意識著自己的主人身分，游離了統治的軍閥；他們是在野，可是由於軍閥政治的腐敗，卻漸漸獲得了一種領導的地位。他們雖然還不能和民眾打成一片，但是已經在漸漸的接近民眾。五四運動劃出了一個新時代。自由主義建築在自由職業和社會分工的基礎上。教員是自由職業者，不是官，也不是候補的官。學生也可以選擇多元的職業，不是只有做官一路。他們於是從統治階級獨立，不再是「士」或所謂「讀書人」，而變成了「知識分子」，集體的就是「知識階級」。殘餘的「士」或「讀書人」自然也還有，不過只是些殘餘罷了。這種變質是中國現代化的過程的一段，而中國的知識階級在這過程中也曾盡了並且還在想盡他們的任務，跟這時代世界上別處的知識階級一樣，也分享著他們一般的運命。若用氣節的標準來衡量，這些知識分子或這個知識階級開頭是氣重於節，到了現在卻又似乎是節重於氣了。

知識階級開頭憑著集團的力量勇猛直前，打倒種種傳統，那時候是敢作敢爲一股氣。可是這個集團並不大，在中國尤其如此，力量到底有限，而與民眾打成一片又不容易，於是碰到集中的武力，甚至加上外來的壓力，就抵擋不住。而一方面廣大的民眾抬頭要飯吃，他們也沒法滿足這些饑餓的民眾。他們於是失去了領導的地位，逗留在這夾縫中間，漸漸感覺著不自由，鬧了個「四大金剛懸空八隻腳」。他們於是只能保守著自己，這也算是節罷；也想緩緩的落下地去，可是氣不足，得等著瞧。可是這裏的是偏於中年一代。青年代的知識分子卻不如此，他們無視傳統的「氣節」，特別是那種消極的「節」，替代的是「正義感」，接著「正義感」的是「行動」，其實「正義感」是合併了「氣」和「節」，「行動」還是「氣」。這是他們的新的做人的尺度。等到這個尺度成爲標準，知識階級大概是還要變質的罷？

論吃飯

我們有自古流傳的兩句話：一是「衣食足則知榮辱」，見於《管子・牧民》篇，一是「民以食爲天」，是漢朝酈食其說的。這些都是從實際政治上認出了民食的基本性，也就是說從人民方面看，吃飯第一。另一方面，告子說，「食色，性也」，是從人生哲學上肯定了食是生活的兩大基本要求之一。《禮記・禮運》篇也說到「飲食男女，人之大欲存焉」，這更明白。照後面這兩句話，吃飯和性欲是同等重要的，可是照這兩句話裏的次序，「食」或「飲食」都在前頭，所以還是吃飯第一。

這吃飯第一的道理，一般社會似乎也都默認。雖然歷史上沒有明白的記載，但是近代的情形，據我們的耳聞目見，似乎足以教我們相信從古如此。例如蘇北的饑民群到江南就食，差不多年年有。最近天津《大公報》登載的費孝通先生的《不是崩潰是癱瘓》一文中就提到這個。這些難民雖然讓人們討厭，可是得給他們飯吃。給他們飯吃固然也有一二成出於慈善心，就是惻隱心，但是八九成是怕他們，怕他們鋌而走險，「小人窮斯濫矣」，什麼事做不出來！給他們吃飯，江南人算是認了。

可是法律管不著他們嗎？官兒管不著他們嗎？幹嗎要怕要認呢？可是法律不外乎人情，沒飯吃要吃飯是人情，人情不是法律和官兒壓得下的。沒飯吃會餓死，嚴刑峻罰大不了也只是個死，這是一群人，群就是力量：誰怕誰！在怕的倒是那些有飯吃的人們，他們沒奈何只得認點兒。所謂人情，就是自然的需求，就是基本的欲望，其實也就是基本的權利。但是饑民群還不自覺有這種權利，一般社會也還不會認清他們有這種權利；饑民群只是衝動的要吃飯，而一般社會給他們飯吃，也只是默認了他們的道理，這道理就是吃飯第一。

三十年夏天筆者在成都住家，知道了所謂「吃大戶」的情形。那正是青黃不接的時候，天又乾，米糧大漲價，並且不容易買到手。於是乎一群一群的貧民一面搶米倉，一面「吃大戶」。他們開進大戶人家，讓他們煮出飯來吃了就走。這叫做「吃大戶」。「吃大戶」是和平的手段，照慣例是不能拒絕的，雖然被吃的人家不樂意。當然真正有勢力的尤其有槍杆的大戶，窮人們也識相，是不敢去吃的。敢去吃的那些大戶，被吃了也只好認了。那回一直這樣吃了兩三天，地面上一面趕辦平糶，一面嚴令禁止，才打住了。據說這「吃大戶」是古風；那麼上文說的饑民就食，該更是古風罷。

但是儒家對於吃飯卻另有標準。孔子認爲政治的信用比民食更重，孟子倒是以民食爲仁政的根本；這因爲春秋時代不必爭取人民，戰國時代就非爭取人民不可。然而他們論到士人，卻都將吃飯看做一個不足重輕的項目。孔子說，「君子固窮」，說吃粗飯，喝冷水，「樂在其中」，又稱讚顏回吃喝不夠，「不改其樂」。道學家稱這種樂處爲「孔顏樂處」，他們教人「尋孔顏樂處」，學習這種爲理想而忍饑挨餓的精神。這理想就是孟子說的「窮則獨善其身，達則兼善天下」，也就是所謂「節」和「道」。孟子一方面不贊成告子說的「食色，性也」，一方面在論「大丈夫」的時候列入了「貧賤不能移」一個條件。戰國時代的「大丈夫」，相當於春秋時的「君子」，都是治人的勞心的人。這些人雖然也有餓飯的時候，但是一朝得了時，吃飯是不成問題的，不像小民往往一輩子爲了吃飯而掙扎著。因此士人就不難將道和節放在第一，而認爲吃飯好像是一個不足重輕的項目了。

伯夷、叔齊據說反對周武王伐紂，認爲以臣伐君，因此不食周粟，餓死在首陽山。這也是只顧理想的節而不顧吃飯的。配合著儒家的理論，伯夷、叔齊成爲士人立身的一種特殊的標準。所謂特殊的標準就是理想的最高的標準；士人雖然不一定人人都要做到這地步，但是能夠做到這地步最好。

經過宋朝道學家的提倡，這標準更成了一般的標準，士人連婦女都要做到這地步。這就是所謂「餓死事小，失節事大」。這句話原來是論婦女的，後來卻擴而充之普遍應用起來，造成了無數的慘酷的愚蠢的殉節事件。這正是「吃人的禮教」。人不吃飯，禮教吃人，到了這地步總是不合理的。

士人對於吃飯卻還有另一種實際的看法。北宋的宋郊、宋祁兄弟倆都做了大官，住宅挨著。宋祁那邊常常宴會歌舞，宋郊聽不下去，教人和他弟弟說，問他還記得當年在和尙廟裏咬菜根否？宋祁卻答得妙：請問當年咬菜根是爲什麼來著！這正是所謂「吃得苦中苦，方爲人上人」。做了「人上人」，吃得好，穿得好，玩兒得好；「兼善天下」於是成了個幌子。照這個看法，忍饑挨餓或者吃粗飯、喝冷水，只是為了有朝一日可以大吃大喝，痛快的玩兒。吃飯第一原是人情，大多數士人恐怕正是這麼在想。不過宋郊、宋祁的時代，道學剛起頭，所以宋祁還敢公然表示他的享樂主義；後來士人的地位增進，責任加重，道學的嚴格的標準掩護著也約束著在治者地位的士人，他們大多數心裏儘管那麼在想，嘴裏卻就不敢說出。嘴裏雖然不敢說出，可是實際上往往還是在享樂著。於是他們多吃多喝，就有了少吃少喝的人，這少吃少喝的自然是被治的廣大的民眾。

民眾，尤其農民，大多數是聽天由命安分安己的，他們慣於忍饑挨餓，幾千年來都如此。除非到了最後關頭，他們是不會行動的。他們到別處就食，搶米，吃大戶，甚至於造反，都是被逼得無路可走才如此。這裏可以注意的是他們不說話；「不得了」就行動，忍得住就沉默。他們要飯吃，卻不知道自己應該有飯吃；他們行動，卻覺得這種行動是不合法的，所以就索性不說什麼話。說話的還是士人。他們由於印刷的發明和教育的發展等等，人數加多了，吃飯的機會可並不加多，於是許多人也感到吃飯難了。這就有了「世上無如吃飯難」的慨嘆。雖然難，比起小民來還是容易。因為他們究竟屬於治者，「百足之蟲，死而不僵」，有的是做官的本家和親戚朋友，總得給口飯吃；這飯並且總比小民吃的好。孟子說做官可以讓「所識窮乏者得我」，自古以來做了官就有引用窮本家窮親戚窮朋友的義務。到了民國，黎元洪總統更提出了「有飯大家吃」的話。這真是「菩薩」心腸，可是當時只當作笑話。原來這句話說在一位總統嘴裏，就是賢愚不分，賞罰不明，就是糊塗。

然而到了那時候，這句話卻已經藏在差不多每一個士人的心裏。難得的倒是這糊塗！

第一次世界大戰加上五四運動，帶來了一連串的變化，中華民國在一顛一拐的走著之字路，走向現代化了。我們有了知識階級，也有了勞動階級，有了索薪，也有了罷工，這些都在要求「有飯大家吃」。知識階級改變了士人的面目，勞動階級改變了小民的面目，他們開始了集體的行動；他們不能再安貧樂道了，也不能再安分守己了，他們認出了吃飯是天賦人權，公開的要飯吃，不是大吃大喝，是夠吃夠喝，甚至於只要有吃有喝。然而這還只是剛起頭。到了這次世界大戰當中，羅斯福總統提出了四大自由，第四項是「免於匱乏的自由」。「匱乏」自然以沒飯吃為首，人們至少該有免於沒飯吃的自由。這就加強了人民的吃飯權，也肯定了人民的吃飯的要求；這也是「有飯大家吃」，但是著眼在平民，在全民，意義大不同了。

抗戰勝利後的中國，想不到吃飯更難，沒飯吃的也更多了。到了今天一般人民真是不得了，再也忍不住了，吃不飽甚至沒飯吃，什麼禮義什麼文化都說不上。這日子就是不知道吃飯權也會起來行動了，知道了吃飯權的，更怎麼能夠不起來行動，要求這種「免於匱乏的自由」呢？於是學生寫出「饑餓事大，讀書事小」的標語，工人喊出「我們要吃飯」的口號。這是我們歷史上第一回一般人民公開的承認了吃飯第一。這其實比悶在心裏糊塗的騷動好得多；這是集體的要求，集體是有組織的，有組織就不容易大亂了。可是有組織也不容易散；人情加上人權，這集體的行動是壓不下也打不散的，直到大家有飯吃的那一天。

論雅俗共賞

論雅俗共賞

陶淵明有「奇文共欣賞，疑義相與析」的詩句，那是一些「素心人」的樂事，「素心人」當然是雅人，也就是士大夫。這兩句詩後來凝結成「賞奇析疑」一個成語，「賞奇析疑」是一種雅事，俗人的小市民和農家子弟是沒有份兒的。然而又出現了「雅俗共賞」這一個成語，「共賞」顯然是「共欣賞」的簡化，可是這是雅人和俗人或俗人跟雅人一同在欣賞，那欣賞的大概不會還是「奇文」罷。這句成語不知道起於什麼時代，從語氣看來，似乎雅人多少得理會到甚至遷就著俗人的樣子，這大概是在宋朝或者更後罷。

原來唐朝的安史之亂可以說是我們社會變遷的一條分水嶺。在這之後，門第迅速的垮了臺，社會的等級不像先前那樣固定了，「士」和「民」這兩個等級的分界不像先前的嚴格和清楚了，彼此的分子在流通著，上下著。而上去的比下來的多，士人流落民間的究竟少，老百姓加入士流的卻漸漸多起來。王侯將相早就沒有種了，讀書人到了這時候也沒有種了；只要家裏能夠勉強供給一些，自己有些天分，又肯用功，就是個「讀書種子」；去參加那些公開的考試，考中了就有官做，至少也落個紳士。這種進展經過唐末跟五代的長期的變亂加了速度，到宋朝又加上印刷術的發達，學校多起來了，士人也多起來了，士人的地位加強，責任也加重了。這些士人多數是來自民間的新的分子，他們多少保留著民間的生活方式和生活態度。他們一面學習和享受那些雅的，一面卻還不能擺脫或蛻變那些俗的。人既然很多，大家是這樣，也就不覺其寒塵；不但不覺其寒塵，還要重新估定價值，至少也得調整那舊來的標準與尺度。「雅俗共賞」似乎就是新提出的尺度或標準，這裏並非打倒舊標準，只是要求那些雅士理會到或遷就些俗士的趣味，好讓大家打成一片。當然，所謂「提出」和「要求」，都只是不自覺的看來是自然而然的趨勢。

中唐的時期，比安史之亂還早些，禪宗的和尚就開始用口語記錄大師的說教。用口語為的是求真與化俗，化俗就是爭取群眾。安史亂後，和尚的口語記錄更其流行，於是乎有了「語錄」這個名稱，「語錄」就成為一種著述體了。到了宋朝，道學家講學，更廣泛的留下了許多語錄；他們用語錄，也還是為了求真與化俗，還是為了爭取群眾。所謂求真的「真」，一面是如實和直接的意思。禪家認為第一義是不可說的。語言文字都不能表達那無限的可能，所以是虛妄的。然而實際上語言文字究竟是不免要用的一種「方便」，記錄文字自然越近實際的、直接的說話越好。在另一面這「真」又是自然的意思，自然才親切，才讓人容易懂，也就是更能收到化俗的功效，更能獲得廣大的群眾。道學主要的是中國的正統的思想，道學家用了語錄做工具，大大的增強了這種新的文體的地位，語錄就成為一種傳統了。比語錄體稍稍晚些，還出現了一種宋朝叫做「筆記」的東西。這種作品記述有趣味的雜事，範圍很寬，一方面發表作者自己的意見，所謂議論，也就是批評，這些批評往往也很有趣味。作者寫這種書，只當做對客閒談，並非一本正經，雖然以文言為主，可是很接近說話。這也是給大家看的，看了可以當做「談助」，增加趣味。宋朝的筆記最發達，當時盛行，流傳下來的也很多。目錄家將這種筆記歸在「小說」項下，近代書店匯印這些筆記，更直題爲「筆記小說」；中國古代所謂「小說」，原是指記述雜事的趣味作品而言的。

那裏我們得特別提到唐朝的「傳奇」。「傳奇」據說可以見出作者的「史才、詩筆、議論」，是唐朝士子在投考進士以前用來送給一些大人先生看，介紹自己，求他們給自己宣傳的。其中不外乎靈怪、艷情、劍俠三類故事，顯然是以供給「談助」，引起趣味爲主。無論照傳統的意念，或現代的意念，這些「傳奇」無疑的是小說，一方面也和筆記的寫作態度有相類之處。照陳寅恪先生的意見，這種「傳奇」大概起於民間，文士是仿作，文字裏多口語化的地方。陳先生並且說唐朝的古文運動就是從這兒開始。他指出古文運動的領導者韓愈的《毛穎傳》，正是仿「傳奇」而作。我們看韓愈的「氣盛言宜」的理論和他的參差錯落的文句，也正是多多少少在口語化。他的門下的「好難」、「好易」兩派，似乎原來也都是在試驗如何口語化。可是「好難」的一派過分強調了自己，過分想出奇制勝，不管一般人能夠瞭解欣賞與否，終於被人看做「詭」和「怪」而失敗，於是宋朝的歐陽修繼承了「好易」的一派的努力而奠定了古文的基礎。——以上說的種種，都是安史亂後幾百年間自然的趨勢，就是那雅俗共賞的趨勢。

宋朝不但古文走上了「雅俗共賞」的路，詩也走向這條路。胡適之先生說宋詩的好處就在「做詩如說話」，一語破的指出了這條路。自然，這條路上還有許多曲折，但是就像不好懂的黃山谷，他也提出了「以俗爲雅」的主張，並且點化了許多俗語成爲詩句。實踐上「以俗爲雅」，並不從他開始，梅聖俞、蘇東坡都是好手，而蘇東坡更勝。據記載梅和蘇都說過「以俗爲雅」這句話，可是不大靠得住；黃山谷卻在《再次楊明叔韻》一詩的「引」裏鄭重的提出「以俗爲雅，以故爲新」，說是「舉一綱而張萬目」。他將「以俗爲雅」放在第一，因爲這實在可以說是宋詩的一般作風，也正是「雅俗共賞」的路。但是加上「以故爲新」，路就曲折起來，那是雅人自賞，黃山谷所以終於不好懂了。不過黃山谷雖然不好懂，宋詩卻終於回到了「做詩如說話」的路，這「如說話」，的確是條大路。

雅化的詩還不得不回向俗化，剛剛來自民間的詞，在當時不用說自然是「雅俗共賞」的。別瞧黃山谷的有些詩不好懂，他的一些小詞可夠俗的。柳耆卿更是個通俗的詞人。詞後來雖然漸漸雅化或文人化，可是始終不能雅到詩的地位，它怎麼著也只是「詩餘」。詞變爲曲，不是在文人手裏變，是在民間變的；曲又變得比詞俗，雖然也經過雅化或文人化，可是還雅不到詞的地位，它只是「詞餘」。一方面從晚唐和尚的俗講演變出來的宋朝的「說話」就是說書，乃至後來的平話以及章回小說，還有宋朝的雜劇和諸宮調等等轉變成功的元朝的雜劇和戲文，乃至後來的傳奇，以及皮簧戲，更多半是些「不登大雅」的「俗文學」。這些除元雜劇和後來的傳奇也算是「詞餘」以外，在過去的文學傳統裏簡直沒有地位；也就是說這些小說和戲劇在過去的文學傳統裏多半沒有地位，有些有點地位，也不是正經地位。可是雖然俗，大體上卻「俗不傷雅」，雖然沒有什麼地位，卻總是「雅俗共賞」的玩藝兒。

「雅俗共賞」是以雅爲主的，從宋人的「以俗爲雅」以及常語的「俗不傷雅」，更可見出這種賓主之分。起初成群俗士蜂擁而上，固然逼得原來的雅士不得不理會到甚至遷就著他們的趣味，可是這些俗士需要擺脫的更多。他們在學習，在享受，也在蛻變，這樣漸漸適應那雅化的傳統，於是乎新舊打成一片，傳統多多少少變了質繼續下去。前面說過的文體和詩風的種種改變，就是新舊雙方調整的過程，結果遷就的漸漸不覺其爲遷就，學習的也漸漸習慣成了自然，傳統的確稍稍變了質，但是還是文言或雅言爲主，就算跟民眾近了一些，近得也不太多。

至於詞曲，算是新起於俗間，實在以音樂爲重，文辭原是無關輕重的；「雅俗共賞」，正是那音樂的作用。後來雅士們也曾分別將那些文辭雅化，但是因爲音樂性太重，使他們不能完成那種雅化，所以詞曲終於不能達到詩的地位。而曲一直配合著音樂，雅化更難，地位也就更低，還低於詞一等。可是詞曲到了雅化的時期，那「共賞」的人卻就雅多而俗少了。真正「雅俗共賞」的是唐、五代、北宋的詞，元朝的散曲和雜劇，還有平話和章回小說以及皮簧戲等。皮簧戲也是音樂爲主，大家直到現在都還在哼著那些粗俗的戲詞，所以雅化難以下手，雖然一二十年來這雅化也已經試著在開始。平話和章回小說，傳統裏本來沒有，雅化沒有合式的榜樣，進行就不易。《三國演義》雖然用了文言，卻是俗化的文言，接近口語的文言，後來的《水滸》、《西遊記》、《紅樓夢》等就都用白話了。不能完全雅化的作品在雅化的傳統裏不能有地位，至少不能有正經的地位。雅化程度的深線，決定這種地位的高低或有沒有，一方面也決定「雅俗共賞」的範圍的小和大——雅化越深，

「共賞」的人越少，越淺也就越多。所謂多少，主要的是俗人，是小市民和受教育的農家子弟。在傳統裏沒有地位或只有低地位的作品，只算是玩藝兒，然而這些才接近民眾，接近民眾卻還能教「雅俗共賞」，雅和俗究竟有共通的地方，不是不相理會的兩橛了。

單就玩藝兒而論，「雅俗共賞」雖然是以雅化的標準爲主，「共賞」者卻以俗人爲主。固然，這在雅方得降低一些，在俗方也得提高一些，要「俗不傷雅」才成；雅方看來太俗，以至於「俗不可耐」的，是不能「共賞」的。但是在什麼條件之下才會讓俗人所「賞」的，雅人也能來「共賞」呢？我們想起了「有目共賞」這句話。孟子說過「不知子都之姣者，無目者也」，「有目」是反過來說，「共賞」還是陶詩「共欣賞」的意思。子都的美貌，有眼睛的都容易辨別，自然也就能「共賞」了。孟子接著說：「口之於味也，有同嗜焉；耳之於聲也，有同聽焉；目之於色也，有同美焉。」這說的是人之常情，也就是所謂人情不相遠。但是這不相遠似乎只限於一些具體的、常識的、現實的事物和趣味。譬如北平罷，故宮和頤和園，包括建築，風景和陳列的工藝品，似乎是「雅俗共賞」的，天橋在雅人的眼中似乎就有些太俗了。說到文章，俗人所能「賞」的也只是常識的，現實的。後漢的王充出身是俗人，他多多少少代表俗人說話，反對難懂而不切實用的辭賦，卻讚美公文能手。公文這東西關係雅俗的現實利益，始終是不曾完全雅化了的。再說後來的小說和戲劇，有的雅人說《西廂記》誨淫，《水滸傳》誨盜，這是「高論」。實際上這一部戲劇和這一部小說都是「雅俗共賞」的作品。《西廂記》無視了傳統的禮教，《水滸傳》無視了傳統的忠德，然而

「男女」是「人之大欲」之一，「官逼民反」，也是人之常情，梁山泊的英雄正是被壓迫的人民所想望的。俗人固然同情這些，一部分的雅人，跟俗人相距還不太遠的，也未嘗不高興這兩部書說出了他們想說而不敢說的。這可以說是一種快感，一種趣味，可並不是低級趣味；這是有關係的，也未嘗不是有節制的。「誨淫」「誨盜」只是代表統治者的利益的說話。

十九世紀二十世紀之交是個新時代，新時代給我們帶來了新文化，產生了我們的知識階級。這知識階級跟從前的讀書人不大一樣，包括了更多的從民間來的分子，他們漸漸跟統治者拆夥而走向民間。於是乎有了白話正宗的新文學，詞曲和小說戲劇都有了正經的地位。還有種種歐化的新藝術。這種文學和藝術卻並不能讓小市民來「共賞」，不用說農工大眾。於是乎有人指出這是新紳士也就是新雅人的歐化，不管一般人能夠瞭解欣賞與否。他們提倡「大眾語」運動。但是時機還沒有成熟，結果不顯著。抗戰以來又有「通俗化」運動，這個運動並已經在開始轉向大眾化。「通俗化」還分別雅俗，還是「雅俗共賞」的路，大眾化卻更進一步要達到那沒有雅俗之分，只有「共賞」的局面。這大概也會是所謂由量變到質變罷。

論百讀不厭

前些日子參加了一個討論會，討論趙樹理先生的《李有才板話》。座中一位青年提出了一件事實：他讀了這本書覺得好，可是不想重讀一遍。大家費了一些時候討論這件事實。有人表示意見，說不想重讀一遍，未必減少這本書的好，未必減少它的價值。但是時間匆促，大家沒有達到明確的結論。一方面似乎大家也都沒有重讀過這本書，並且似乎從沒有想到重讀它。然而問題不但關於這一本書，而是關於一切文藝作品。爲什麼一些作品有人「百讀不厭」，另一些卻有人不想讀第二遍呢？是作品的不同嗎？是讀的人不同嗎？如果是作品不同，「百讀不厭」是不是作品評價的一個標準呢？這些都值得我們思索一番。

蘇東坡有《送章惇秀才失解西歸》詩，開頭兩句是：

舊書不厭百回讀，
熟讀深思子自知。

「百讀不厭」這個成語就出在這裏。「舊書」指的是經典，所以要「熟讀深思」。《三國志・魏志・王肅傳・注》：

人有從（董遇）學者，遇不肯教，而云「必當先讀百遍」，言「讀書百遍而意自見」。

經典文字簡短，意思深長，要多讀，熟讀，仔細玩味，才能瞭解和體會。所謂「意自見」，「子自知」，著重自然而然，這是不能著急的。這詩句原是安慰和勉勵那考試失敗的章悼秀才的話，勸他回家再去安心讀書，說「舊書」不嫌多讀，越讀越玩味越有意思。固然經典值得「百回讀」，但是這裏著重的還在那讀書的人。簡化成「百讀不厭」這個成語，卻就著重在讀的書或作品了。這成語常跟另一成語「愛不釋手」配合著，在讀的時候「愛不釋手」，讀過了以後「百讀不厭」。這是一種讚詞和評語，傳統上確乎是一個評價的標準。當然，「百讀」只是「重讀」「多讀」「屢讀」的意思，並不一定一遍接著一遍的讀下去。

經典給人知識，教給人怎樣做人，其中有許多語言的、歷史的、修養的課題，有許多注解，此外還有許多相關的考證，讀上百遍，也未必能夠處處貫通，教人多讀是有道理的。但是後來所謂「百讀不厭」，往往不指經典而指一些詩，一些文，以及一些小說；這些作品讀起來津津有味，重讀，屢讀也不膩味，所以說「不厭」；「不厭」不但是「不討厭」，並且是「不厭倦」。詩文和小說都是文藝作品，這裏面也有一些語言和歷史的課題，詩文也有些注解和考證；小說方面呢，卻直到近代才有人注意這些課題，於是也有了種種考證。但是過去一般讀者只注意詩文的注解，不大留心那些課題，對於小說更其如此。他們集中在本文的吟誦或瀏覽上。這些人吟誦詩文是為了欣賞，甚至於只為了消遣，瀏覽或閱讀小說更只是為了消遣，他們要求的是趣味，是快感。這跟誦讀經典不一樣。誦讀經典是為了知識，為了教訓，得認真，嚴肅，正襟危坐的讀，不像讀詩文和小說可以馬馬虎虎的，隨隨便便的，在床上，在火車輪船上都成。這麼著可還能夠教人「百讀不厭」，那些詩文和小說到底是靠了什麼呢？

在筆者看來，詩文主要是靠了聲調，小說主要是靠了情節。過去一般讀者大概都會吟誦，他們吟誦詩文，從那吟誦的聲調或吟誦的音樂得到趣味或快感，意義的關係很少；只要懂得字面兒，全篇的意義弄不清楚也不要緊的。梁啓超先生說過李義山的一些詩，雖然不懂得究竟是什麼意思，可是讀起來還是很有趣味（**大意**）。這種趣味大概一部分在那些字面兒的影像上，一部分就在那七言律詩的音樂上。字面兒的影像引起人們奇麗的感覺；這種影像所表示的往往是珍奇，華麗的景物，平常人不容易接觸到的，所謂「七寶樓臺」之類。民間文藝裏常常見到的「牙床」等等，也正是這種作用。民間流行的小調以音樂為主，而不注重詞句，欣賞也偏重在音樂上，跟吟誦詩文也正相同。感覺的享受似乎是直接的，本能的，即使是字面兒的影像所引起的感覺，也還多少有這種情形，至於小調和吟誦，更顯然直接訴諸聽覺，難怪容易喚起普遍的趣味和快感。至於意義的欣賞，得靠綜合諸感覺的想像力，這個得有長期的教養才成。然而就像教養很深的梁啓超先生，有時也還讓感覺領著走，足見感覺的力量之大。

小說的「百讀不厭」，主要的是靠了故事或情節。人們在兒童時代就愛聽故事，尤其愛奇怪的故事。成人也還是愛故事，不過那情節得複雜些。這些故事大概總是神仙、武俠、才子、佳人，經過種種悲歡離合，而以大團圓終場。悲歡離合總得不同尋常，那大團圓才足奇。小說本來起於民間，起於農民和小市民之間。在封建社會裏，農民和小市民是受著重重壓迫的，他們沒有多少自由，卻有做白日夢的自由。他們寄託他們的希望於超現實的神仙，神仙化的武俠，以及望之若神仙的上層社會的才子佳人；他們希望有朝一日自己會變成了這樣的人物。這自然是不能實現的奇蹟，可是能夠給他們安慰、趣味和快感。他們要大團圓，正因為他們一輩子是難得大團圓的，奇情也正是常情啊。他們同情故事中的人物，「設身處地」的「替古人擔憂」，這也因為事奇人奇的原故。過去的小說似乎始終沒有完全移交到士大夫的手裏。士大夫讀小說，只是看閒書，就是作小說，也只是遊戲文章，總而言之，消遣而已。他們得化裝為小市民來欣賞，來寫作；在他們看，小說奇於事實，只是一種玩藝兒，所以不能認真、嚴肅，只是消遣而已。

封建社會漸漸垮了，五四時代出現了個人，出現了自我，同時成立了新文學。新文學提高了文學的地位；文學也給人知識，也教給人怎樣做人，不是做別人的，而是做自己的人。可是這時候寫作新文學和閱讀新文學的，只是那變了質的下降的士和那變了質的上升的農民和小市民混合成的知識階級，別的人是不願來或不能來參加的。而新文學跟過去的詩文和小說不同之處，就在它是認真的負著使命。早期的反封建也罷，後來的反帝國主義也罷，寫實的也罷，浪漫的和感傷的也罷，文學作品總是一本正經的在表現著並且批評著生活。這麼著文學揚棄了消遣的氣氛，回到了嚴肅——古代貴族的文學如《詩經》，倒本來是嚴肅的。這負著嚴肅的使命的文學，自然不再注重「傳奇」，不再注重趣味和快感，讀起來也得正襟危坐，跟讀經典差不多，不能再那麼馬馬虎虎，隨隨便便的。但是究竟是形象化的，訴諸情感的，跟經典以冰冷的抽象的埋智的教訓爲主不同，又是現代的白話，沒有那些語言的和歷史的問題，所以還能夠吸引許多讀者自動去讀。不過教人「百讀不厭」甚至教人想去重讀一遍的作用，的確是很少了。

新詩或白話詩，和白話文，都脫離了那多多少少帶著人工的、音樂的聲調，而用著接近說話的聲調。喜歡古詩、律詩和駢文、古文的失望了，他們尤其反對這不能吟誦的白話新詩；因爲詩出於歌，一直不曾跟音樂完全分家，他們是不願揚棄這個傳統的。然而詩終於轉到意義中心的階段了。古代的音樂是一種說話，所謂「樂語」，後來的音樂獨立發展，變成「好聽」爲主了。現在的詩既負上自覺的使命，它得說出人人心中所欲言而不能言的，自然就不注重音樂而注重意義了。——一方面音樂大概也在漸漸注重意義，回到說話罷？——字面兒的影像還是用得著，不過一般的看起來，影像本身，不論是鮮明的，朦朧的，可以獨立的訴諸感覺的，是不夠吸引人了；影像如果必需得用，就要配合全詩的各部分完成那中心的意義，說出那要說的話。在這動亂時代，人們著急要說話，因爲要說的話實在太多。小說也不注重故事或情節了，它的使命比詩更見分明。它可以不靠描寫，只靠對話，說出所要說的。這裏面神仙、武俠、才子、佳人，都不大出現了，偶然出現，也得打扮成平常人；是的，這時候的小說的人物，主要的是些平常人了，這是平民世紀啊。至於文，長篇議論文發展了工具性，讓人們更如意的也更精密的說出他們的話，但是這已經成爲訴諸理性的了。訴諸情感的是那發展在後的小品散文，就是那標榜「生活的藝術」，抒寫「身邊瑣事」的。這倒是回到趣味中心，企圖著教人「百讀不厭」的，確乎也風行過一時。然而時代太緊張了，不容許人們那麼悠閒；大家嫌小品文近乎所謂「軟性」，丟下了它去找那「硬性」的東西。

文藝作品的讀者變了質了，作品本身也變了質了，意義和使命壓下了趣味，認識和行動壓下了快感。這也許就是所謂「硬」的解釋。「硬性」的作品得一本正經的讀，自然就不容易讓人「愛不釋手」，「百讀不厭」。於是「百讀不厭」就不成其爲評價的標準了，至少不成其爲主要的標準了。但是文藝是欣賞的對象，它究竟是形象化的，訴諸情感的，怎麼「硬」也不能「硬」到和論文或公式一樣。詩雖然不必再講那帶幾分機械性的聲調，卻不能不講節奏，說話不也有輕重高低快慢嗎？節奏合式，才能集中，才能夠高度集中。文也有文的節奏，配合著意義使意義集中。小說是不注重故事或情節了，但也總得有些契機來表現生活和批評它；這些契機得費心思去選擇和配合，才能夠將那要說的話，要傳達的意義，完整的說出來，傳達出來。集中了的完整了的意義，才見出情感，才讓人樂意接受，「欣賞」就是「樂意接受」的意思。能夠這樣讓人欣賞的作品是好的，是否「百讀不厭」，可以不論。在這種情形之下，筆者同意：《李有才板話》即使沒有人想重讀一遍，也不減少它的價值，它的好。

但是在我們的現代文藝裏，讓人「百讀不厭」的作品也有的。例如魯迅先生的《阿Q正傳》，茅盾先生的《幻滅》、《動搖》、《追求》三部曲，筆者都讀過不止一回，想來讀過不止一回的人該不少罷。在筆者本人，大概是《阿Q正傳》裏的幽默和三部曲裏的幾個女性吸引住了我。這幾個作品的好已經定論，它們的意義和使命大家也都熟悉，這裏說的只是它們讓筆者「百讀不厭」的因素。《阿Q正傳》主要的作用不在幽默，那三部曲的主要作用也不在鑄造幾個女性，但是這些卻可能產生讓人「百讀不厭」的趣味。這種趣味雖然不是必要的，卻也可以增加作品的力量。不過這裏的幽默決不是油滑的，無聊的，也決不是為幽默而幽默，而女性也決不就是色情，這個界限是得弄清楚的。抗戰期中，文藝作品尤其是小說的讀眾大大的增加了。增加的多半是小市民的讀者，他們要求消遣，要求趣味和快感。擴大了的讀眾，有著這樣的要求也是很自然的。長篇小說的流行就是這個要求的反應，因為篇幅長，故事就長，情節就多，趣味也就豐富了。這可以促進長篇小說的發展，倒是很好的。可是有些作者卻因為這樣的要求，忘記了自己的邊界，放縱到色情上，以及粗劣的笑料上，去吸引讀眾，這只是迎合低級趣味。而讀者貪讀這一類低級的軟性的作品，也只是沉溺，說不上「百讀不厭」。「百讀不厭」究竟是個讚詞或評語，雖然以趣味為主，總要是純正的趣味才說得上的。

論書生的酸氣

讀書人又稱書生。這固然是個可以驕傲的名字，如說「一介書生」，「書生本色」，都含有清高的意味。但是正因爲清高，和現實脫了節，所以書生也是嘲諷的對象。人們常說「書呆子」、「迂夫子」、「腐儒」、「學究」等，都是嘲諷書生的。「呆」是不明利害，「迂」是繞大彎兒，「腐」是頑固守舊，「學究」是指一孔之見。總之，都是知古不知今，知書不知人，食而不化的讀死書或死讀書，所以在現實生活裏老是吃虧、誤事、鬧笑話。總之，書生的被嘲笑是在他們對於書的過分的執著上；過分的執著書，書就成了話柄了。

但是還有「寒酸」一個話語，也是形容書生的。「寒」是「寒素」，對「膏粱」而言。是魏晉南北朝分別門第的用語。「寒門」或「寒人」並不限於書生，武人也在裏頭；「寒士」才指書生。這「寒」指生活情形，指家世出身，並不關涉到書；單這個字也不含嘲諷的意味。加上「酸」字成爲連語，就不同了，好像一副可憐相活現在眼前似的。「寒酸」似乎原作「酸寒」。韓愈《薦士》詩，「酸寒溧陽尉」，指的是孟郊。後來說「郊寒島瘦」，孟郊和賈島都是失意的人，作的也是失意詩。「寒」和「瘦」映襯起來，夠可憐相的，但是韓愈說「酸寒」，似乎「酸」比「寒」重。可憐別人說「酸寒」，可憐自己也說「酸寒」，所以蘇軾有「故人留飲慰酸寒」的詩句。陸游有「書生老瘦轉酸寒」的詩句。「老瘦」固然可憐相，感激「故人留飲」也不免有點兒。范成大說「酸」

是「書生氣味」，但是他要「洗盡書生氣味酸」，那大概是所謂「大丈夫不受人憐」罷？

為什麼「酸」是「書生氣味」呢？怎麼樣才是「酸」呢？話柄似乎還是在書上。我想這個「酸」原是指讀書的聲調說的。晉以來的清談很注重說話的聲調和讀書的聲調。說話注重音調和辭氣，以朗暢為好。讀書注重聲調，從《世說新語·文學》篇所記殷仲堪的話可見；他說，「三日不讀《道德經》，便覺舌本閒強」，說到舌頭，可見注重發音，注重發音也就是注重聲調。《任誕》篇又記王孝伯說：「名士不必須奇才，但使常得無事，痛飲酒，熟讀《離騷》，便可稱名士。」這「熟讀《離騷》」該也是高聲朗誦，更可見當時風氣。《豪爽》篇記「王司州（胡之）在謝公（安）坐，詠《離騷》、《九歌》『入不言兮出不辭，乘回風兮載雲旗』，語人云，『當爾時，覺一坐無人。』」正是這種名士氣的好例。讀古人的書注重聲調，讀自己的詩自然更注重聲調。《文學》篇記著袁宏的故事：

袁虎（宏小名虎）少貧，嘗為人傭載運租。謝鎮西經船行，其夜清風朗月，聞江渚間估客船上有詠詩聲，甚有情致，所誦五言，又其所未嘗聞，嘆美不能已。即遣委曲訊問，乃是袁自詠其所作詠史詩。因此相要，大相賞得。

從此袁宏名譽大盛，可見朗誦關係之大。此外《世說新語》裏記著「吟嘯」，「嘯詠」，「諷

詠」，「諷誦」的還很多，大概也都是在朗誦古人的或自己的作品罷。這裏最可注意的是所謂「洛下書生詠」或簡稱「洛生詠」。《晉書‧謝安傳》說：

安本能為洛下書生詠。有鼻疾，故其音濁。名流愛其詠而弗能及，或手掩鼻以效之。

《世說新語‧輕詆》篇卻記著：

人問顧長康「何以不作洛生詠？」答曰，「何至作老婢聲！」

劉孝標注，「洛下書生詠音重濁，故云『老婢聲』。」所謂「重濁」，似乎就是過分悲涼的意思。當時誦讀的聲調似乎以悲涼爲主。王孝伯說「熟讀《離騷》，便可稱名士」，王胡之在謝安坐上詠的也是《離騷》、《九歌》，都是《楚辭》。當時誦讀《楚辭》，大概還知道用楚聲楚調，樂府曲調裏也正有楚調。而楚聲楚調向來是以悲涼爲主的。當時的誦讀大概受到和尚的梵誦或梵唱的影響很大，梵誦或梵唱主要的是長吟，就是所謂「詠」。《楚辭》本多長句，楚聲楚調配合那長吟的梵調，相得益彰，更可以「詠」出悲涼的「情致」來。袁宏的詠史詩現存兩首，第一首開始就是「周昌梗概臣」一句，「梗概」就是「慷慨」，「感慨」；「慷慨悲歌」也是一種「書生本色」。

沈約《宋書·謝靈運傳》論所舉的五言詩名句，鍾嶸《詩品·序》裏所舉的五言詩名句和名篇，差不多都是些「慷慨悲歌」。《晉書》裏還有一個故事。晉朝曹攄的《感舊》詩有「富貴他人合，貧賤親戚離」兩句。後來殷浩被廢爲老百姓，送他的心愛的外甥回朝，朗誦這兩句，引起了身世之感，不覺淚下。這是悲涼的朗誦的確例。但是自己若是並無真實的悲哀，只去學時髦，揑著鼻子學那悲哀的「老婢聲」的「洛生詠」，那就過了分，那也就是趙宋以來所謂「酸」了。

唐朝韓愈有《八月十五夜贈張功曹》詩，開頭是：

纖雲四卷天無河，
清風吹空月舒波，
沙平水息聲影絕，
一杯相屬君當歌。

接著說：

君歌聲酸辭且苦，
不能聽終淚如雨。

接著就是那「酸」而「苦」的歌辭：

洞庭連天九疑高，
蛟龍出沒猩鼯號。
十生九死到官所，
幽居默默如藏逃。
下床畏蛇食畏藥，
海氣濕蟄熏腥臊。
昨者州前槌大鼓，
嗣皇繼聖登夔皋。
赦書一日行萬里，
罪從大辟皆除死。
遷者追回流者還，
滌瑕蕩垢朝清班。
州家申名使家抑，

坎坷只得移荆蠻。
判司卑官不堪説，
未名捶楚塵埃間。
同時輩流多上道，
天路幽險難追攀！

張功曹是張署，和韓愈同被貶到邊遠的南方，順宗即位。只奉命調到近一些的江陵做個小官兒，還不得回到長安去，因此有了這一番冤苦的話。這是張署的話，也是韓愈的話。但是詩裏卻接著說：

君歌且休聽我歌，
我歌今與君殊科。

韓愈自己的歌只有三句：

一年明月今宵多，

人生由命非由他，
有酒不飲奈明何！

他說認命算了，還是喝酒賞月罷。這種達觀其實只是苦情的僞裝而已。前一段「歌」雖然辭苦聲酸，倒是貨真價實，並無過分之處，由那「聲酸」知道吟詩的確有一種悲涼的聲調，而所謂「歌」其實只是諷詠。大概漢朝以來不像春秋時代一樣，士大夫已經不會唱歌，他們大多數是書生出身，就用諷詠或吟誦來代替唱歌。他們——尤其是失意的書生——的苦情就發泄在這種吟誦或朗誦裏。

戰國以來，唱歌似乎就以悲哀爲主，這反映著動亂的時代。《列子・湯問》篇記秦青「撫節悲歌，聲振林木，響遏行雲」，又引秦青的話，說韓娥在齊國雍門地方「曼聲哀哭，一里老幼悲愁垂涕相對，三日不食」，後來又「曼聲長歌，一里老幼，善躍抃舞，弗能自禁。」這裡說韓娥雖然能唱悲哀的歌，也能唱快樂的歌，但是和秦青自己獨擅悲歌的故事合看，就知道還是悲歌爲主。再加上齊國杞梁的妻子哭倒了城的故事，就是現在還在流行的孟姜女哭倒長城的故事，悲歌更爲動人，是顯然的。書生吟誦，聲酸辭苦，正和悲歌一脈相傳。但是聲酸必須辭苦，辭苦又必須情苦；若是並無苦情，只有苦辭，甚至連苦辭也沒有，只有那供人酸鼻的聲調，那就過了分，不但不能動人，反要遭人嘲弄了。書生往往自命不凡，得意的自然有，卻只是少數，失意的可太多了。所以總是嘆老嗟卑，長歌當哭，哭喪著臉一副可憐相。朱子在《楚辭辨證》裏說漢人那些模仿的作品「詩意平緩，意不深切，如無所疾痛而強為呻吟者」。「無所疾痛而強為呻吟」就是所謂「無病呻吟」。後來的嘆老嗟卑也正是無病呻吟。有病呻吟是緊張的，可以得人同情，甚至叫人酸鼻，無病呻吟，病是裝的，假的，呻吟也是裝的，假的，假裝可以酸鼻的呻吟，酸而不苦像是丑角扮戲，自然只能逗人笑了。

蘇東坡有《贈詩僧道通》的詩：

> 雄豪而妙苦而腴，
> 只有琴聰與蜜殊。
> 語帶煙霞從古少，
> 氣含蔬筍到公無。……

查慎行注引葉夢得《石林詩話》說：

> 近世僧學詩者極多，皆無超然自得之趣，往往掇拾摹仿士大夫所殘棄，又自作一種體，格律尤俗，謂之「酸餡氣」。子瞻……嘗語人云，「頗解『蔬筍』語否？為無『酸餡

氣』也。」聞者無不失笑。

東坡說道通的詩沒有「蔬筍」氣，也就沒有「酸餡氣」，和尚修苦行，吃素，沒有油水，可能比書生更「寒」更「瘦」；一味反映這種生活的詩，好像酸了的菜饅頭的餡兒，乾酸，吃不得，聞也聞不得，東坡好像是說，苦不妨苦，只要「苦而腴」，有點兒油水，就不至於那麼撲鼻酸了。這酸氣的「酸」還是從「聲酸」來的。而所謂「書生氣味酸」該就是指的這種「酸餡氣」。和尚雖苦，出家人原可「超然自得」，卻要學吟詩，就染上書生的酸氣了。書生失意的固然多，可是嘆老嗟卑的未必真的窮苦就無聊，無聊就作成他們的「無病呻吟」了。宋初西崑體的領袖楊億譏笑杜甫是「村夫子」，大概就是嫌他嘆老嗟卑的太多。但是杜甫「竊比稷與契」，嗟嘆的其實是天下之大，決不止於自己的雞蟲得失。楊億是個得意的人，未免忘其所以，才說出這樣不公道的話。可是像陳師道的詩，嘆老嗟卑，吟來吟去，只關一己，的確叫人膩味。這就落了套子，落了套子就不免有些「無病呻吟」，也就是有些「酸」了。

道學的興起表示書生的地位加高，責任加重，他們更其自命不凡了，自嗟自嘆也更多了。就是眼光如豆的真正的「村夫子」或「三家村學究」，也要哼哼唧唧的在人面前賣弄那背得的幾句死書，來嗟嘆一切，好搭起自己的讀書人的空架子。魯迅先生筆下的「孔乙己」，似乎是個更破落的讀書人，然而「他對人說話，總是滿口之乎者也，教人半懂不懂的。」人家說他偷書，他卻爭辯著，「竊書不能算偷……竊書！……讀書人的事，能算偷麼？」「接連便是難懂的話，什麼『君子固窮』，什麼『者乎』之類，引得眾人都哄笑起來」。孩子們看著他的茴香豆的碟子。

孔乙己著了慌，伸開五指將碟子罩住，彎下腰去說道，「不多了，我已經不多了。」直起身又看一看豆，自己搖頭說，「不多不多！『多乎哉？不多也』」於是這一群孩子都在笑聲裏走散了。

破落到這個地步，卻還只能「滿口之乎者也」，和現實的人民隔得老遠的，「酸」到這地步真是可笑又可憐了。「書生本色」雖然有時是可敬的，然而他的酸氣總是可笑又可憐的。最足以表現這種酸氣的典型，似乎是戲臺上的文小生，尤其是崑曲裏的文小生，那哼哼唧唧、扭扭捏捏、搖搖擺擺的調調兒，真夠「酸」的！這種典型自然不免誇張些，可是許差不離兒罷。

向來說「寒酸」、「窮酸」，似乎酸氣老聚在失意的書生身上。得意之後，見多識廣，加上「一行作吏，此事便廢」，那時就會不再執著在書上，至少不至於過分的執著在書上，那「酸氣味」是可以多多少少「洗」掉的。而失意的書生也並非都有酸氣。他們可以看得開些，所謂達觀，但是達觀也不易，往往只是僞裝。他們可以看遠大些，「梗概而多氣」是雄風豪氣，不是酸氣。至於近代的知識分子，讓時代逼得不能讀死書或死讀書，因此也就不再執著那些古書。文言漸漸改了白話，吟誦用不上了；代替吟誦的是又分又合的朗誦和唱歌。最重要的是他們看清楚了自己，自己是在人民之中，不能再自命不凡了。他們雖然還有些閒，可是要「常得無事」卻也不易。他們漸漸丟了那空架子，腳踏實地向前走去。早些時還不免帶著感傷的氣氛，自愛自憐，一把眼淚一把鼻涕的；這也算是酸氣，雖然念誦的不是古書而是洋書。可是這幾年時代逼得更緊了，大家只得抹乾了鼻涕眼淚走上前去。這才真是「洗盡書生氣味酸」了。

朱自清作品精選：2

蹤跡【經典新版】

作者：朱自清
發行人：陳曉林
出版所：風雲時代出版股份有限公司
地址：10576台北市民生東路五段178號7樓之3
電話：(02) 2756-0949
傳真：(02) 2765-3799
執行主編：朱墨菲
美術設計：吳宗潔
行銷企劃：林安莉
業務總監：張瑋鳳

初版日期：2019年11月
ISBN：978-986-352-737-4

風雲書網：http://www.eastbooks.com.tw
官方部落格：http://eastbooks.pixnet.net/blog
Facebook：http://www.facebook.com/h7560949
E-mail：h7560949@ms15.hinet.net
劃撥帳號：12043291
戶名：風雲時代出版股份有限公司

風雲發行所：33373桃園市龜山區公西村2鄰復興街304巷96號
電話：(03) 318-1378
傳真：(03) 318-1378
法律顧問：永然法律事務所 李永然律師
北辰著作權事務所 蕭雄淋律師

行政院新聞局局版台業字第3595號 營利事業統一編號22759935

定價：220元

國家圖書館出版品預行編目資料

朱自清作品精選：2 蹤跡 經典新版 / 朱自清著. --
初版. -- 臺北市：風雲時代, 2019.10　面；　公分

ISBN 978-986-352-737-4（平裝）

855　108012228